파네지릭

Panégyrique

파네지릭

Panégyrique

기 드보르 지음 | 이채영 옮김

P 필로소픽

목차

파네지릭

Panégyrique

I

"단어 '파네지릭panégyrique'은 찬사보다 더 많은 것을 뜻한다. 찬사는 누군가에 대한 칭찬의 의미를 포함하지만, 그렇다고 해서 비판이나 비난을 배제하지는 않는다. 파네지릭은 그 어떤 비판이나 비난도 포함하지 않는다."[1]

리트레Littré, 《프랑스어 사전》

"어찌하여 나의 가문을 묻는 것이오? 인간의 가문이란 마치 나뭇잎과도 같은 것을. 어떤 잎들은 바람에 날려 땅 위에 흩뿌려지나, 숲에 새싹이 돋아나면 또 새로운 잎들이 자라고 다시 봄이 오듯, 인간의 가문도 그같이 나기도 하고 지기도 하는 법이오."

호메로스, 《일리아스》 제6권

---

1 프랑스어 단어 'panégyrique'은 '모든 민중이 모인 회의'를 뜻하는 그리스어 단어 'panēguris'에서 유래하여 일반적으로 '어떤 대상을 예찬하는 성대한 연설'을 의미한다. 사용 맥락에 따라 때로는 '절도(節度) 없이 지나친 칭찬'의 의미로 쓰일 만큼, 순수한 찬사 그 자체를 뜻하는 말이다. 반면 일반적으로 '찬사'로 번역되는 프랑스어 단어 'éloge'는 단순히 어떤 대상의 자질과 재능에 대한 칭찬을 가리킨다.

1

"그의 작품의 구상으로 말하자면, 계획이라곤 전혀 없는 데다가 글을 거의 되는대로 아무렇게나 쓴다고 확실하게 말할 수 있다. 그는 순서와 질서를 무시한 채 사건을 뒤섞어 서술하며, 어떠한 한 시대를 다루면서도 그 시대에 속한 것을 다른 시대에 속한 것과 혼동한다. 자신이 내뱉은 비난이나 칭찬이 타당하다고 증명하는 데에는 관심이 없으며, 편견이나 경쟁심 혹은 적의에서 비롯된 잘못된 판단과 자기 기분이 내키는 대로 악의를 품고 떠들어대는 허풍을 그대로 받아들인다. 검토의 과정이나, 역사가라면 반드시 지녀야 할 미덕인 비판 정신도 없이 말이다. 그리고 특정 인물을 묘사하면서는 그 인물의 입장이나 성격과는 모순된 행동이나 말을 부여하기도 하며, 본인 이외에는 그 어떤 다른 증인도, 자신이 직접 한 주장이 아닌 그 어떤 권위 있는 근거도 인용하지 않는다."

구르고Gourgaud 장군,

《필리프 드 세귀르Philippe de Ségur 백작의 저서에 대한 비평》

나는 평생토록 혼란스러운 시대와 극단적으로 분열된 사회, 거대한 파멸만을 봐왔다. 그리고 그러한 소요troubles에 직접 가담하기도 했다. 분명 이러한 정황은 나의 행동이나 사유 중에서 가장 투명한 것들이 단 한 번도 보편적으로 인정받지 못하도록 만들기에 충분했을 것이다. 그러나 다른 한편으로는 그중 어떤 경우엔 오해가 있었을 수도 있다고 확신한다.

클라우제비츠[2]는 1815년도에 실행된 군사작전을 다룬 글의 앞머리에서 자신의 방법론을 다음과 같이 요약한다. "모든 전략비평의 본질은 정확히 행위자의 관점에서 보는 것이다. 실제로 이는 대체로 매우 어려운 일이다." 이때 어려운 일이란 특정

---

2 카를 폰 클라우제비츠Carl Von Clausewitz, 1780-1831. 프로이센의 군인이자 군사이론가로《전쟁론》을 저술했다.

한 시점에 "행위자들이 처해 있었던 모든 상황"을 파악함으로써, 그들이 전투를 수행하면서 내린 선택들을 제대로 평가할 수 있는 경지에 오르는 것이다. 예를 들어, 그들이 작전을 어떻게 실행에 옮겼는지, 가능하다면 그 밖에 또 어떤 다른 작전을 취할 수 있었는지 등을 말이다. 그러려면 그들이 무엇을 가장 원했고 어떤 믿음을 가지고 있었는지, 또 무엇을 몰랐는지까지도 알아야 한다. 그들은 본인들의 작전이 그에 대항하는 적군의 작전과 부딪히면서 어떤 결과를 만들어낼지, 그뿐만 아니라 겉으로 드러나지는 않으나 자신들에게 위압감을 느끼게 만드는 적군의 배치나 힘이 무엇으로 이루어져 있는지도 몰랐다. 사실상 그들은 자신들의 군사력이 실제로 전투에 쓰이기 전까지는 그 가치를 정확하게 파악하지 못한 것이다. 더군다나 군사력이란 때로는 실전에 쓰인 뒤에야 그 결과로서 시험대에 오르는 동시에 가치가 바뀌기도 하기 때문이다.

멀리서도 커다란 영향력이 느껴지는 어떤 작전을 이행한 사람은 다양한 이유로 감춰질 수밖에 없었던 아주 중대한 몇몇 측면들을 거의 혼자서만 알고 있는 경우가 많았다. 반면, 그 외에 작전의 또 다른 측면들은 그저 과거에 일어난 일이라는 이유로, 혹은 그 당시 그러한 측면들을 알았던 사람들이 세상을 떠나고 없다는 이유로 잊히고 말았다. 하물며 생존자들의 증언조차도 항상 이해할 수 있는 것은 아니다. 그중에는 글을 제대로 써내지 못한다든가, 오늘날의 사리사욕이나 야망에 사로잡혀 있다든가, 기억을 증언하는 것을 두려워하거나 본인의 체면치레를 하느라 급급한 등 여러 부류의 사람들이 있기 때문이다. 차츰 알게 되겠지만, 이러한 이유 중에서 그 어떤 것도 나를 방해하지는 못할 것이다. 즉, 나는 나 자신을 열정에 불타게 한 것들을 말할 때는 최대한 냉정한 태도를 유지하면서 내가 무엇을 했는가를 이야기할 것이다. 확신하건대, 그동안 수없이 부당하게 받아온 힐난들이, 비록 전부는 아닐지라도, 곧 먼지처럼 쓸려 내려가 사라질 것이다. 그리하여 내 시대 역사의 큰 윤곽은 더 선명하게 드러나리라고 믿는다.

본격적으로 이야기를 시작하기 전에 몇 가지 사항을 조목조목 검토하지 않을 수 없다. 이는 물론 긴 작업이 되겠지만, 분량이 아무리 방대하다고 하더라도 기꺼이 감안하고자 한다. 이 작업에 필요한 만큼 시간을 충분히 들일 생각이다. 그렇다고 해서 스턴[3]이 《신사 트리스트럼 샌디의 일생과 의견》의 도입부에서 "서두르지 않고 여유롭게 진행하여 일 년에 두 권씩 내 일생 이야기를 써서 출판하기로 한다. 단, 이 속도를 독자가 기꺼이 허용한다면, 그리고 출판업자와 적당히 합의가 된다면"이라고

---

3 로렌스 스턴Laurence Sterne, 1713-1768. 영국의 소설가, 성직자. 전위적인 실험성과 기존의 가치체계에 대한 해체 등을 시도한 작품세계를 펼쳐, 18세기 작가임에도 20세기 이후의 현대 영문학에 지대한 영향을 끼쳤다.

쓴 것처럼 말할 생각은 없다. 나로서는 일 년에 책을 두 권 내겠다거나, 심지어는 그보다 더 여유로운 리듬으로 작업을 진행하겠다고 약속할 마음이 추호도 없기 때문이다.

내 방법론은 아주 간단하다. 내가 좋아한 것들을 이야기할 생각이다. 그러면 나머지는 자연스럽게 드러나 충분히 이해되리라.

"우리를 기만하는 시간은 스스로 흔적을 감추며 빠르게 흐른다."[4] 시인 이백李白이 남긴 말이다. 그리고 그는 이렇게 덧붙인다. "그대 여전히 청춘의 명랑함을 간직하고 있을지 모르지만, 머리는 벌써 백발이다. 불평한들 무슨 소용인가."[5] 나는 그 무엇도, 특히 내가 살아온 방식에 대해서는 절대로 불평할 생각이 없다.

---

4 본문 중 이백의 한시는 원서의 프랑스어 번역문을 다시 우리말로 옮긴 것이므로 한시 원문과 의미 차이가 날 수 있다. 이 구절의 출처는 이백의 한시 중 〈전유준주행(前有樽酒行)〉인 것으로 추정되며, 한시 원문은 '流光欺人忽蹉跎(유광기인홀차타)'로 '흐르는 세월은 사람을 속이며 무심코 지나간다'라고 풀이할 수 있다.

5 역시 〈전유준주행〉이 출처로, 앞에 인용된 구절에서 이어지는 구절이다. 한시 원문은 '當年意氣不肯傾(당년의기불긍경) 白髮如絲歎何益(백발여사탄하익)'으로, '한창 때 의기를 굽히지 않았으되 / 백발이 실낱 되어 탄식한들 무엇하랴'라고 풀이할 수 있다.

나는 시간의 흔적을 본보기로 여기는 만큼, 그것을 숨기고 싶은 마음은 더더욱 들지 않는다. 누군가 자신이 경험한 인생이 진정 정확히 무엇이었는지 이야기하려고 시도한 적은 지금까지 드물었다. 주제의 특성상 여러모로 다루기가 까다롭기 때문이다. 어쩌면 이는 놀랍도록 빠른 속도로 파국이 닥치며 너무나도 많은 것이 변해버린 지금 시대에야말로 더욱 값진 작업이 될 것이다. 거의 모든 기준점과 척도가, 이전의 사회가 세워져 있던 땅 자체와 함께 돌연 송두리째 쓸려가버린 시대라 할 오늘날에 말이다.

어쨌든 솔직해지기는 어렵지 않다. 그 어떤 주제에 대해서든 나를 조금이라도 난처하게 만들 만한 것이 떠오르지 않는다. 나는 동시대 사람들이 받아들인 가치를 단 한 번도 믿은 적이 없다. 그리고 이제 오늘날에는 그 누구도 아무런 가치도 인정하려고 하지 않는다. 어쩌면 나보다도 더 강하게 양심을 지키고자 했던 라스네르[6]는 극히 몇 안 되는 사람들이 당하는 폭력적인 죽음에 본인이 직접 지고 있는 책임을 과장해서 생각하는 듯 보인다. 그는 자크 아라고Jacques Arago[7]에게 보내는 편지에 "내

---

6 피에르 프랑수아 라스네르Pierre François Lacenaire, 1803-1836. 낭만주의 시기의 프랑스에서 유명했던 살인범으로, 시인으로도 활동했다.
7 1790-1854. 라스네르와 동시대인이었던 프랑스의 작가 겸 화가이자 탐험가. 라스네르를 취재하여 다른 저자와 공동으로《유죄판결 후의 라스네르Lacenaire après sa condemnation》를 펴냈다.

손에 묻힌 피를 고려하려더라도 그동안 만나온 무수한 사람들보다는 내가 훨씬 더 낫다고 생각하네."라고 적었다. "그런데 아라고 씨는 그때 우리와 함께이지 않으셨나요? 1832년 바리케이드 항쟁[8] 당시에 말입니다. 생메리 _{Saint-Merry} 수도원을 생각해 보세요. 아라고 씨 당신은 가난이라는 게 어떤 건지 모릅니다. 단 한 번도 배고픈 적이 없었을 테니까요." 1848년 6월, 프랑스 공화정이 제정한 법에 반기를 드는 것은 배부른 행동이라면서 로마인처럼 장광설을 펼치기 위해 아라고를 대신해서 온 아라고의 동생에게, 당시 바리케이드를 치던 공장노동자들은 이렇게 답했다.

세상의 중심으로 선택된 자기 자신을 기준으로 매사를 고려하는 것보다 더 자연스러운 일은 없다. 그렇게 우리는 세상의 기만적인 담화를 무시하며 세상을 규탄할 수 있게 된다. 그러려면 그러한 권한을 어디까지 허용할지를 명확하게 나타내는 한계선을 긋기만 하면 된다. 시대의 흐름과 사회 안에서 본인만이 설 수 있는 자리가 어디인지, 자신이 무엇을 행했으며 무엇을 아는지, 그리고 자신을 사로잡는 열정이 무엇인지를 말이다. "진실을 느껴본 사람 외에 그 누가 진실을 쓸 수 있단 말인가?" 17세기의 가장 아름다운 '회고록'[9]을 쓴 작가는 이렇게 보았다.

---

8 1832년 6월 파리 시내에서 군주제 폐지를 기치로 일어난 항쟁.

9 Mémoires. 프랑스문학사에서 중세 이후부터 18세기까지 나타났으며 특히

그는 당시에 냉철한 객관성을 유지하지 못하고 자신의 태도를 거침없이 이야기했다는 터무니없는 비판을 피하지 못한 터였다. 위와 같이 말하면서 그는 "진짜 자기 자신에 관하여 말하면서 아주 진솔했던 사람들이 쓴 이야기만큼 진실한 이야기는 없다"고 했던 파리의회 의장 투Thou의 주장을 인용하기도 했다.

  몇몇 세부적인 사항과 관련하여, 내가 은연중에 여기저기서 나 자신을 과거의 위인이나 역사적으로 주목을 받았던 인물과 비교하는 것 같아 놀란 사람이 있을 수 있다. 그건 잘못 생각한 것이다. 나는 스스로가 그 어떤 다른 사람과도 닮았다고 하고 싶은 마음이 없으며, 지금 시대를 과거와 비교하는 것은 매우 어렵다고 생각한다. 그러나 옛 사람들 중 많은 수가 비록 그들끼리는 서로 양극단에서 대척했다고 할지라도 공통적으로 자신들의 이름을 지금까지도 널리 알리고 있다. 말하자면, 그들은 인간의 행동이나 성향과 관련하여 그 의미를 즉시 전달하는 일종의 기호작용을 연상시킨다. 자기 자신이 어떤 사람인지 알지 못할 이들은 그러한 사실을 잘 알아차릴 수 있으리라고 생각한다. 자신을 타인에게 이해시킨다는 것은 글을 쓰는 사람에게 언제나 큰 미덕이다.

17세기에 두드러졌던, 작가 자신의 특정한 자전적 경험과 그 의미를 서술하는 갈래. 기 드보르는 자신의 회고록인 이 책을 쓰면서 다양한 시대의 옛 인물들이 저술한 회고록을 인용하고 있다.

내 경우에는 인용문을 꽤 많이 사용해야 할 것 같다. 어떤 특정한 논거에 권위를 부여하려는 생각은 결코 없다. 단지 이 모험과 나 자신이 근본적으로 무엇으로 짜여 있는지 느낄 수 있도록 하고 싶을 뿐이다. 무지나 어리석은 신념이 만연한 시대에 인용문은 쓸모가 있다. 중국의 고시古詩나 셰익스피어, 로트레아몽Lautréamont[10]의 작품과 같이 누구나 알 법한 유명한 글들을 따옴표를 사용하지 않고 암시하기만 하는 것은, 그 글이 기존의 문장을 인용한 것임을 알아보고 그것이 새로운 맥락에 적용되면서 생기는 거리감을 이해할 수 있는 사람들이 살고 있을 더 풍요로운 시대를 위해 아껴두어야 한다. 반어법마저도 제대로 이해되지 못하는 오늘날에는 문장이 잘못된 표현방식으로 너무도 성급하게 재생산되어 퍼질 위험이 있다. 정확한 인용을 위해 옛날식의 번거로운 과정을 거쳤는데, 인용문들을 잘 선택한 것이 그 보상이 되었으면 한다. 이 글에서는 인용문이 맥락에 알맞게 나올 것이다. 그 어떤 컴퓨터로도 이같이 구색을 맞출 수는 없었을 것이다.

아무것도 아닌 내용에 대해, 그 누구도 단 한 번을 끝까지 읽지 못할 글을 신문이나 책에 빠르게 쓰려는 이들은 확신에 가

---

10 1846-1870. 프랑스의 시인. 생전에는 무명이었으나, 사후 그의 시들은 초현실주의자들에게 선구적 작품이라는 극찬을 받는다. 프랑스문학사에서는 랭보에 비견되는 근대시의 개척자로 평가받는다.

득 차서는 구어체의 장점을 떠받든다. 구어야말로 더 현대적이고, 더 직접적이고, 더 쉬운 문체라고들 말이다. 그러나 그렇게 말하는 사람들조차도 사실은 제대로 말을 할 줄 모르는 사람들이다. 이들이 쓴 글을 읽는 독자들도 마찬가지다. 현대적 생활 조건condition 속에서 실제로 사용되는 언어는 사회에서 미디어의 암묵적인 투표를 거쳐 선발된 대표적인 표상으로 축소된 상태이다. 약 여섯 개에서 여덟 개가량의 똑같은 문장 패턴이 매 순간 계속해서 반복되며, 사용되는 어휘는 2백 개가 채 되지 않는 데다, 그마저도 대부분이 신조어이며 그중에서 3분의 1은 6개월마다 새로운 단어로 교체된다. 이 모든 것은 사람들 사이에 일종의 성급한 결속을 도모한다. 이와 달리, 나는 그동안 내가 직접 배우고 가장 많이 구사해온 언어를 사용해, 마치 세상에서 가장 자연스럽고 쉬운 일을 해내듯이 힘들이지 않고 꾸밈없이 글을 쓰고자 한다. 언어를 바꾸는 것은 나의 몫이 아니다. 집시들은 본디 사람은 오직 자기의 언어로만 진실을 말해야 한다고 주장한다. 적들의 언어에는 거짓말이 판을 치므로. 나는 그들이 옳다고 생각한다. 나의 글에는 그 밖에 또 다른 장점이 있다. 그것은 바로 내가 태어나기 다섯 세기 전부터, 특히 두 세기 전부터 프랑스어로 쓰인 고전 텍스트의 코퍼스corpus[11]를 참고한

---

11 컴퓨터 기술을 활용하여 분석 가능하게 실제 언어 자료를 전산화한 형태의 자료.

다면, 혹여 먼 미래에 프랑스어가 사어死語가 되었을 때라도 나의 글을 그 어떤 공동체의 언어로도 정확하게 번역해내기가 수월할 것이라는 점이다.

순간적으로 아무런 말이나 내뱉는 것을 즐기는 사람들은 화법마저도 엉망이라는 것을 지금 시대에 누가 모를까? 현대적 지배수단의 거대한 성장이 언어 발화의 형식에 너무나도 깊게 영향을 미친 나머지, 과거에는 권력의 어두운 논증 전개를 이해하는 것이 정말로 똑똑한 사람들만 누려온 오랜 특권이었다면, 이제 그것은 어쩔 수 없이 가장 아둔한 사람들에게마저도 친숙한 것이 되어버렸다. 바로 이러한 의미에서 나의 시대를 다루는 이 보고서가 얼마나 진실한가는 글의 문체를 통해 충분히 증명되리라 생각해볼 수 있다. 이 글의 어조도 그 자체로 내 주장을 충분히 뒷받침해줄 것이다. 결국엔 내가 살아온 방식을 경험해보아야지만 이런 종류의 글을 훌륭하게 써낼 수 있다는 것을 모두가 이해하게 될 것이기 때문이다.

우리는 학문적으로 확실하게 밝혀진 사실을 통해 펠로폰네소스 전쟁이 일어났다는 것을 알고 있다. 하지만 그 전쟁의 무자비한 전개 과정과 그로부터 얻을 수 있는 교훈은 오직 투키디데스를 통해서만 알 수 있다. 다른 경로로 사실을 교차 확인하기는 불가능하지만, 그렇다고 해서 그러한 작업이 꼭 필요했던 것은 아니다. 해당 사건의 진실성이나 사고思考의 일관성 등이 그 당시에 살았던 사람들은 물론이고 후세 사람들까지도 심하게 압도하는 나머지, 다른 증인들은 사건에 대하여 투키디데스와 다른 해석을 제안한다거나 그의 분석에서 지엽적인 부분을 걸고넘어지기가 난감하여 좌절해버렸기 때문이다.

마찬가지로 지금 내가 전달하고자 하는 역사에 대해서도 그저 있는 그대로 받아들여야 할 것이다. 왜냐하면 그 어떤 주제와 관련해서든 내가 한 말에 타당하게 반대할 용기가 있는 사람은 한동안 아무도 없을 것이기 때문이다. 사실관계에서 아주 사소하게 부정확한 부분을 발견한다거나, 사실의 내용과 관련하여 새로운 관점을 지지한다고 해도 말이다.

관례적인 절차로 보이기는 하겠지만, 이쯤에서 이 이야기를 어디서부터 시작할지 먼저 선명하게 그리는 작업이 쓸모없지는 않다고 생각한다. 그 주제로 인해 차후 불가피하게 생겨날 당혹감에도 불구하고, 한 편의 이야기가 시작하는 때와 당시의 전반적인 상황을 전달하고자 한다. 순리적으로 생각해보면, 많은 일은 어린 시절에 발생하여 당신이 살아가는 동안 오래도록 함께한다. 나는 1931년 파리에서 태어났다. 이후 우리 집안의 재산은 내가 태어나기 직전에 미국에서부터 시작된 세계 경제 대공황의 여파로 완전히 증발해버리고 말았다. 그나마 남은 재산은 내가 성년이 될 때까지 버틸 수 있을 성싶지도 않았으며, 실제로도 그랬다. 그러니 나는 사실상 거의 빈털터리로 태어난 셈이다. 정확히 말하자면, 나는 물려받을 유산이 없다는 사실을 잘 알고 있었고, 실제로도 결국 아무것도 물려받지 못했다. 나는 미래에 대한 꽤 추상적인 문제들을 그다지 중요하게 생각하지 않았다. 그리하여 이후 청소년 시절에는 모험으로 가득한 삶을 향해 두 눈을 크게 뜬 채 피하지 않고 천천히 나아갔다. 다만, 이러한 문제에서, 그리고 다른 차원의 문제들에 대해서 내가 눈을 뜨고 있었다고 말할 수 있다면 말이다. 나는 일자리를 보장해줄 학위를 따는 일은 생각해보지도 않았다. 그런 종류의 학문은 전부 내 취향과는 맞지 않거나, 내 의견과 반대되는 것처럼 보였기 때문이다. 그 당시 내가 세상에서 가장 존경하는 인물은 아르튀르 크라방 Arthur Cravan[12]과 로트레아몽이었다. 만약 내가 대학에서 공부하기로 마음먹었더라면, 그들의 친구들은 모두 내가 예술활동을 포기한다고 했을 때만큼이나 나를 경멸했으리라는 것을 당시 나는 완벽하게 알고 있었다. 그리고 만약 그들과 친구가 될 수 없었더라면, 다른 친구들을 사귐으로써 자기 위안을 하는 것은 분명 나 스스로가 용납할 수 없었을 것이다. 어떤 분야에서도 전문가가 아니었던 나는 그 당시 지적이

---

12 1887-1918. 스위스에서 태어나 프랑스어로 작품활동을 한 시인이자 미술평론가, 복싱 선수. 문예비평 잡지 《맹트낭Maintenant》을 발간했다. 현대예술을 도발하는 기행으로 다다이스트들에게 흠모의 대상이 되었다.

거나 예술적으로 여겨지던 집단들과는 철저하게 거리를 유지했다. 이러한 나의 장점은 적당히 누그러졌음을 인정한다. 그러한 직업에서 하는 일을 마주하기에는 내 능력이 매우 빈약했을 뿐 아니라 내가 엄청나게 게으르기까지 했으니 말이다.

그 당시, 돈벌이에 거의 연연하지 않고, 사회적으로 어떤 식으로든 성공하려는 야망을 전혀 품지 않는 경우는 매우 드물었다. 아무리 나라고 한들, 그렇게 생각했을 수도 있다는 것을 사람들은 때때로 믿기 어려워할 것이다. 하지만 이는 분명한 사실이고 지금까지 끊임없이 진실이었으므로, 결국엔 대중도 설득될 수밖에 없을 것이다. 내가 그렇게 살 수 있었던 이유는 아마도 나의 태평한 교육배경이 그에 적당한 환경을 만났기 때문인 것 같다. 나는 부르주아들이 일하는 모습, 그들만이 할 수 있는 특수한 노동에 수반되는 천박함을 단 한 번도 보지 못하고 살아왔다. 어쩌면 이러한 무관심 덕분에 인생의 좋은 것들을 배울 수 있었다. 말하자면, 그 좋은 것들의 부재와 결핍을 통해서 말이다. 사회적으로 어떤 형태의 우월성이든 그것이 몰락하는 순간에는 상스러웠던 초창기 때보다 더욱 사랑스러운 면모가 들어 있기 마련이다. 나는 아주 어렸을 때부터 느껴왔던 이러한 편애를 계속해서 고집해나갔다. 가난은 나에게 주로 큰 즐거움을 가져다주었다고 말할 수 있다. 사라진 재산을 관리해야 한다거나 그것을 되찾으려고 정부의 통치에 참여해야겠다고는 생각할 필요가 없었기 때문이다. 실제로 나는 당시 시대가 만들어낸 불행한 법칙들을 따르던 사람들은 알기 어려운 즐거움을 맛보기도 했다. 한편, 그러한 사람들은 미처 생각하지도 못할 여러 의무oi를 정확하게 준수해야 했던 것도 사실이다. 당시《성전기 사단의 규율 Règle du Temple》에서는 다음과 같이 강력히 설파하기도 했다. "당신들은 인생에서 바깥의 껍질만을 보고 있을 뿐이오…. 그러나 그 안에 들어있는 강력한 계율들은 모르고 있소." 아울러, 내가 받아온 긍정적인 영향을 총체적으로 드러내기 위해, 그동안 여러 권의 좋은 책을 읽을 기회가 있었다는 사실을 분명히 언급하고자 한다. 그 책들을 통해서는 언제나 다른 책들을 발견해낼 수 있을 뿐만 아니라, 아직 쓰이지 않은 책이 무엇인지 알아내 손수 써내는 일도 가능하다. 아주 완벽한 수준의 보고는 여기까지일 것이다.

나는 스무 살이 되기도 전에 내 청춘의 평화로운 부분이 끝나가는 것을 지켜보았다. 그다음에는 내가 좋아했던 모든 것을 아무런 제약 없이 따라가기만 하면 되었다. 비록 어려운 조건 속에서였지만 말이다. 나는 먼저 극단적인 허무주의가 지배하는 아주 매력적인 집단에 접근했다. 그곳 사람들은 지금까지 삶과 예술의 용도로서 인정받아온 것에 대해선 더는 아무것도 알려고 하지 않았으며, 그것을 전승하는 일에는 더더욱 무관심했다. 그들은 나를 자기들 무리의 일원으로 별다른 어려움 없이 받아주었다. 언젠가 다시 평범한 존재로 돌아갈 수 있는 마지막 가능성이 바로 그때 사라지고 말았다. 당시 그러한 생각이 들었고, 그 생각은 훗날 사실로 드러났다.

내가 다른 사람들에 비해서 그렇게 계산적인 편은 아닐 것이다. 그토록 많은 책임을 져야 하는 선택을, 이후 다시 떠올려보지도 않을 만큼 경솔한 생각의 결과로 그토록 빠르게 즉흥적으로 내렸기 때문이다. 그로부터 한참 뒤, 그러한 선택에 뒤따르는 결과가 어떤 것인지 가늠할 여유가 생겼을 때에도 후회는 전혀 없었다. 사실 부나 명예의 측면에서 보면, 당시 나에게는 잃을 것이 아무것도 없었다고 볼 수 있다. 그렇다고 해서 그런 선택을 함으로써 특별히 얻을 만한 무언가가 있었던 것도 아니다.

이 파괴업자들의 집단은 그들보다 두세 세대 전에 살았던 선구자들과 비교했을 때 위험한 부류의 계층과 훨씬 긴밀하게 얽혀 있었다. 우리는 그렇게 위험한 사람들과 함께 생활하면서 그들의 생활방식을 그대로 따랐다. 그때의 흔적은 당연히 오랫동안 계속되었다. 내가 수년간 가깝게 알고 지낸 사람들 중 절반 이상이 다양한 나라에서 적어도 한 번 이상은 감옥을 드나들었다. 물론 그중 많은 수가 정치적인 이유에서였지만, 그래도 관습법 위반이나 경범죄를 저질러 옥살이한 사람이 여전히 더 많았다. 그렇게 나는 반역자들과 가난한 사람들을 꽤 알게 되었다.

내 주변에는 젊은 l 나이에 죽은 사람들이 많았는데, 물론 그중에서 자살의 비중이 크기는 했으나, 또 항상 그런 것만은 아니었다. 사실 이러한 현상을 어떻게 해야 완전하게 합리적으로 설명할 수 있을지는 모르겠지만, 그러한 폭력적인 죽음에 대해 말해보자면, 내 친구들 중에는 군사작전에 참여한 경우를 제외하더라도 총에 맞아서 죽은 이들의 비율이 이례적으로 높았다.

초창기에는 드문드문 짧게 움직임으로써, 우리의 특별한 시위가 전연 용납될 수 없기를 바랐다. 먼저는 그 형식에서, 이후 점차 무르익으면서는 그 내용에서 말이다. 우리의 활동은 받아들여지지 않았다. "파괴가 나의 베아트리체가 되었노라." 아주 위험하고 모험적인 작업에서 몇몇 다른 사람들의 지도자로 몸소 활동했던 말라르메는 이렇게 말했다. 오로지 이러한 역사적 작전démonstrations을 하는 일에 매진하면서 그 외에 존재하는 작업을 거부하는 사람이라면, 주어진 곳에서 살아가는 법을 분명히 익혀야 할 필요가 있다. 이 문제에 대해서는 나중에 다시 아주 상세하게 다룰 예정이다. 일단 여기서는 가장 일반적인 차원에서만 이 문제를 논하자면, 나는 내 스스로 지적으로는 물론 예술적으로도 훌륭한 자질을 갖추었다는 인상을 어렴풋하게나마 풍기기 위해 항상 노력했다. 그러나 이 시대는 나의 훌륭한 자질을 활용할 자격조차 없기에, 아예 쓰라고 내어주지도 않는 쪽을 선택했다. 항상 내 부재를 애석해하는 사람들이 있었으

나. 그들은 역설적이게도 내가 계속 부재할 수 있도록 도와주었다. 이는 내가 그 누구도, 그 어디에도 단 한 번도 찾아가지 않았기 때문에 가능했다. 내 주변은 항상 제 발로 찾아와서는 나로 하여금 자신들의 존재를 받아들이게끔 했던 사람들뿐이었다. 그 시대에 감히 나처럼 처신할 수 있었던 사람이 또 있었을까? 한편, 바로 그때 기존의 모든 조건이, 마치 나의 고유한 광기를 인정하기라도 하는 듯이, 적절한 시기에 점차 파괴되기 시작했다는 것도 사실이다.

시간이 흐르면서 변하지 않고 그대로 남아 있는 것은 아무것도 없다. 그러니 약 20년 즈음이 지난 뒤에야 전문지식을 지닌 일부 대중 가운데 진보적인 일파는 내가 여러모로 진정 재능을 지닌 사람이라는 사실을 더는 거부하지 않기 시작했다는 점도 인정하고 넘어가야 한다. 그들에게 내 재능은 본인들이 동경해야 한다고 오랫동안 믿었던, 시시하고도 허울뿐인 발견들과 의미도 없이 반복되는 말들에 비해 유난히 눈에 띄었을 것이다. 내 재능을 유일하게 알아볼 수 있는 쓰임새가 완전히 해로운 것으로 여겨져야 한다고 할지라도 말이다. 그러나 정작 그때가 되자, 나 자신부터가 그들을 받아들이기를 거부했다. 이를테면 내 안의 무언가를 알아보기 시작하는 사람들의 존재를 말이다. 실제로 그들은 아직 내 모든 것을 받아들일 준비가 되어 있지 않았고, 그동안 나는 그들이 양보할 수 있는 범위 바깥에 나 자신이 있다고 믿으며 전부 아니면 무無라고 계속해서 솔직하게 주장해온 터였다. 사회에 관해서는, 나의 취향과 생각은 변한 바가 없다. 기존의 사회, 그리고 사회가 앞으로 되고자 한다고 선언했던 모든 것들에 여전히 가장 적대적인 입장이다.

표범은 자기의 무늬를 그대로 지니고 죽는다. 나는 단 한 번도 나 자신을 개선하기로 스스로 약속한 적도, 그게 가능하다고 생각한 적도 없다. 실제로 나는 그 어떤 미덕도 열망하지 않고 살아왔다. 아마 유일한 예외가 있다면, 여태껏 확실히 들어본 적도 없던 새로운 부류의 범죄들만이 나와 어울릴 수 있다고 생각한 것, 첫 단추를 그렇게나 잘못 끼우고 나서도 더는 변화를 시도하지 않은 것뿐이다. 인간사를 다루는 능력, 특히 자신이 가장 좋아하는 역할이었던 대중의 안녕을 방해하는 자로서의 능력을 훌륭히 증명했던 공디[13]는 프롱드Fronde의 난[14] 당시의 어느 결정적인 순간에 파리의회 건물 앞에서 행복한 표정을 지으며, 옛 작가에게서 빌려온 아름다운 인용문을 즉흥적으로 내뱉는다. 그곳에 있던 모두가 그 작가의 이름을 궁금해했으

---

13 장프랑수아 폴 드 공디Jean-François Paul de Gondi, 1613-1679. 프랑스의 정치가이자 성직자, 작가. 일반적으로 레츠 추기경Cardinal de Retz으로 지칭된다. 17세기 프랑스문학에 나타난 회고록 장르의 흐름을 연 작품으로 평가받는《회고록》의 저자이다.

나 끝내 알아내지는 못했다. "In difficillimis Reipublicae temporibus, urbem non deserui; in prosperis nihil de publico delibavi; in desperatis, nihil timui." 작가가 스스로에게 베푼 최고의 찬미panégyrique로 보이는 이 인용문을, 공디는 다음과 같이 직접 번역한다. "힘든 시기에도 나는 도시를 포기하지 않았다. 좋은 시기에는 그 무엇에도 관심을 두지 않았다. 절망적인 시기에는 아무것도 두려워하지 않았다."

---

14 1648년에서 1653년에 걸쳐 일어났던 프랑스의 내전. 당시 어린 루이 14세의 섭정이었던 모후 안 도트리슈Anne d'Autriche와 재상 쥘 레몽 마자랭Jules Raymond Mazarin이 왕가의 권력을 강화하려 하자 이에 귀족들이 반기를 듦으로써 일어났다. 공디는 당시 저항세력의 주도자 중 하나였다.

2

"이상이 이 겨울에 일어난 사건들이며, 투키디데스가 역사를
기록한 전쟁의 두 번째 해가 이렇게 저물었다."

투키디데스, 《펠로폰네소스 전쟁사》

마치 배움을 끝마치기라도 하는 듯이 내 청춘이 마침내 다다른 파멸의 구역은, 문명이라는 구조물이 당장이라도 통째로 붕괴해버릴 것이라는 전조들이 약속이라도 한 듯 한자리에 모여든 곳처럼 보였다. 그곳에서는 직업이 없거나, 학업에 전념하지 않거나, 어떠한 기술도 연마하지 않는다는 이유로 부정적으로 규정할 수밖에 없는 사람들과 늘 마주치곤 했다. 그중 많은 이들이 유럽대륙을 차지하려고 다투는 군대 소속으로 최근에 일어난 전쟁[15]에도 참여한 사람들이었다. 그들은 독일군, 프랑스군, 러시아군, 미군, 두 개 부대의 스페인군, 그 외 다수의 군대에서 싸웠다. 이들보다 대여섯 살가량 더 어렸던 나머지 사람들은, 가족이라는 개념이 다른 모든 개념과 마찬가지로 해체되기 시작하면서 곧장 그곳으로 모여든 사람들이었다. 그곳에서는

---

15 제2차 세계대전을 가리킨다.

그 어떤 통념도 사람들의 행실을 누그러뜨리지 못했으며, 그저 환상에 불과한 몇 가지 목표를 그들에게 제안하는 법도 없었다. 한때의 온갖 관습들은 안정적인 방어수단을 언제든지 분명하게 내보일 준비가 되어 있었다. 허무주의는 자기 정당화를 하려는 생각에 빠지는 순간 훈계조가 되기 쉽다. 누군가는 은행을 털었을지언정 가난한 사람들의 주머니를 털지는 않았다고 자랑하는가 하면, 홧김이 아니라면 단 한 번도 사람을 죽인 적이 없다는 사람도 있었다. 비록 모두가 훌륭한 변론술을 선보이기는 했지만, 아무리 그렇더라도 그들은 결국 시시때때로 행동을 예측하기가 어려운 사람들이었으며 가끔은 아주 위험하기까지 했다. 내가 이러한 환경을 거쳐왔다는 사실은, 훗날 때때로 내가 아리스토파네스_{Aristophánês}[16]의 《기사들》에 나오는 선동가처럼 자랑스레 이렇게 말할 수 있는 밑거름이 되었다. "나도 길거리에서 자랐단 말이다!"

결국, 지난 백 년 동안 우리를 여기까지 이끌어온 것은 현대시였다. 우리 중 몇몇은 현대시의 구상을 현실에서도 실행해야 한다고, 어쨌든 그 밖에는 별다른 할 것이 없다고 생각했다. 사실 아주 최근부터는 그동안 나를 계속해서 둘러싸면서도 동시에 최대한으로 은폐해준 증오와 저주의 분위기를 발견한 사람들이 놀라는 일이 가끔 있었다. 그 이유를 두고 어떤 이들은

---

16 기원전 4~5세기경 고대 그리스의 희극작가.

1968년 5월 봉기가 일어나게 된 원인과 관련지어 생각하거나, 심지어는 당시 봉기를 지휘한 것에 대하여 나에게 전가된 막중한 책임 때문이라고 생각한다. 그러나 내가 보기엔 그동안 내가 저질렀던 일 중에서 사람들을 계속해서 불쾌하게 만든 것은 1952년에 저지른 일[17]인 듯하다. 언젠가 화가 난 어느 프랑스 왕비는 가장 불온한 신하를 불러 이렇게 상기시켰다. "반역할 수 있다고 상상하는 것 자체가 반역이다."

또 그런 일이 있었다. 본인이 왕년에 예루살렘의 왕이었다고 말하던 사람이 있었다. 한때 세상을 경멸하던 그는 다음과 같은 발언을 통해 문제의 본질을 언급했다. 정신이란 사방에서 소용돌이치다가 멀리 우회하여 원점으로 되돌아온다. 모든 혁명은 역사 속으로 흐르지만, 여전히 역사를 범람시키지는 못한다. 혁명의 강물은 처음 흘러나왔던 곳으로 돌아가 그곳에서 또다시 흐르리라.

폭력 속에서도 살 수 있는 예술가나 시인은 늘 존재해왔다. 참을성이 부족했던 말로우[18]는 손에 칼을 쥐고서 계산서에 적힌

---

17 그해 기 드보르가 발표한 영화 〈사드를 위해 절규함Hurlements en faveur de Sade〉을 가리키는 것으로 보인다.
18 크리스토퍼 말로우Christopher Marlowe, 1564-1593. 영국 엘리자베스 1세 시대의 극작가이자 시인으로 셰익스피어와 동시대에 활동했다.

금액에 대해 따지다가 죽었다. "싸구려 여관에서 비싼 호텔 값을 치르는 것보다 더 죽을 맛이야." 셰익스피어가 희극《좋으실 대로As You Like It》에 표현이 지나치다고 비판받을 것을 딱히 두려워하지 않고 위와 같은 농담을 삽입하자, 모두가 그가 라이벌이었던 말로우의 죽음을 언급한 것이라고 생각했다. 여기서 드러난 완전히 새로운 기현상은 자연스럽게 거의 아무런 흔적도 남기지 않았는데, 그것은 바로 시나 예술이 더는 존재할 수 없다는 사실만이 모두가 인정하는 유일무이한 원칙으로 자리 잡았으며, 그러므로 더 나은 것을 찾아야 했다는 것이다.

우리는 정확하게 5백 년 전 우리와 같은 도시, 같은 강가에서 생활하며 또 다른 위험한 삶을 신봉했던 사람들과 여러모로 공통점을 지녔었다. 물론, 프랑수아 비용Francois Villon[19]처럼 기교를 완벽하게 부릴 줄 아는 사람과 나 자신을 비교할 수는 없을 것이다. 또한, 나는 비용처럼 다시 돌이킬 수 없을 정도로 엄청난 규모의 계획된 범죄에 가담한 적도 없다. 사실 비용만큼 좋은 대학에서 공부하지도 못했다. 다만 내 친구 중 소위 "귀공자"라고 불리는 녀석은 레니에 드 몽티니Regnier de Montigny[20]를 꼭 빼

---

19 1431-1463(?). 프랑스 중세 말기의 시인이자 방랑자. 학생 시절부터 방탕한 삶을 살았던 비용은 여러 번의 범죄행각에 연루되어 도피행활을 이어나갔으며, 1463년 1월 파리에서 추방된 이후의 행적은 알려지지 않았다.

20 프랑수아 비용의 패거리를 가리키는 일명 '패각단les Coquillards'의 유명한 구성원 중 한 명.

닮았었고, 다른 친구들 중에는 불량한 마음을 먹은 반항아도 여럿 있었다. 한편, 술집에서는 방황하는 어린 불량배 여자애들이 우리를 상대해주며 즐겁고 황홀한 시간을 함께 보내기도 했다. 그 여자애들도 비용의 패거리와 함께 다녔다는, 마리옹 리돌이나 카트린, 비에트릭스, 벨레라는 이름으로 알려진 여인들을 닮았을지도 모른다. 당시 우리가 어떤 사람들이었는지를 비용의 패거리가 쓰던 언어로 말해보고자 한다. 그들의 언어가 아무도 이해하지 못하는 은어가 아니게 된 지 오래다. 이제는 전문적인 지식인들까지도 쉽게 이해할 수 있게 됐다. 그러나 나는 이 언어가 주는 문헌학적 거리감을 안정적으로 지키면서도 그에 필연적으로 따라오는 범죄학적 차원을 더해보려 한다.

"망냉이가 망을 보던 똘마니 중 몇몇 간당과 살인적 놈들은 낯짝이 익었다. 언제고 게들려고 가만히 있는 법이 없었던 놈들이기에 한패로 턱을 댈 수도 있었다. 짭새에게 장 붙잽혀댔으나, 그들이 사색이 될 때까지 훈젝을 늘어놓을 수 있는 놈들이었다. 그렇게 그놈들한테서 알락거리는 법을 배웠다. 덕분에 여지껏 그런 심문을 받고도 각단지게 있는 것이다. 우리의 깡패짓과 이 땅 위의 해낙낙이는 스러져버렸다. 그러나 이 거짓꼴투성이 세상을 그토록 잘 알아먹던 내 배랑뱅이 깨대기들을 아주 생생히 기억한다. 빠리의 야심, 함께 엄불렸던 그때를."

이러한 부분에 있어서만큼은 아무것도 잊지 않았고 배우지도 않았다고 자신한다. 추운 길거리에는 눈이 쌓여 있었고, 강물은 불어나고 있었다. "강바닥 한가운데서는 / 물이 아주 깊게 흐른다." 학교를 빼먹은 여학생들이 부드러운 입술을 내밀며 우쭐 댔다. 경찰의 심문이 잦았다. 그 시절의 폭포 소리가 들려왔다. "이제 다시는 젊었을 때처럼 그렇게 술을 마셔서는 안 된다."

나는 외국 여인들을 늘 좋아하는 편이었다. 헝가리, 스페인, 중국, 독일, 러시아, 이탈리아에서 건너온 여인들과 어울려 지냈던 나의 청년기에는 늘 쾌락이 가득했다. 시간이 지나 이미 머리가 하얗게 셌을 때는 그동안 아마도 오랜 세월 덕분으로 힘겹게 붙들고 있을 수 있었던 이성을 잃어버리고 말았다. 이는 코르도바에서 온 여인을 만나면서부터였다. 오마르 하이얌 Omar Khayyám [21]은 오랜 심사숙고 끝에 다음과 같은 사실을 인정해야만 했다. "진실로 내가 그렇게 오래도록 사랑한 우상들은 / 세상 사람 눈에 내 평판을 떨어뜨렸네 / 한 잔 술에 내 영광을 빠뜨려버렸고 / 한 가락 노래에 내 명성도 팔아넘겼네." [22] 이 말이 얼마

---

21 1048-1131. 페르시아의 수학자, 천문학자, 시인.

22 오마르 하이얌의 이 시는 세상 사람들이 자신을 세속적 욕망에 물들었다고 손가락질한다는 내용이다. 기 드보르는 이를 반대로 뒤집어 세상 사람들이 자신이 술에 탐닉한다고 손가락질하는 것이야말로 세속적 욕망에 빠진 것이라고 비꼬고 있다.

나 적절한 말인지 나보다 더 잘 이해할 수 있는 사람이 누가 또 있을까? 한편, 나의 시대가 낳았던 좋은 평가와 평판을 나만큼이나 경멸한 사람이 또 누가 있을까? 이다음에 이어지는 이야기는 이미 이 여정의 시작 속에 들어 있었다.

그 시작은 1952년 가을과 1953년 봄 사이, 파리 센강의 남쪽, 보지라르Vaugirard 가의 북쪽, 크루아루즈Croix-Rouge 사거리의 동쪽, 도핀Dauphine 가의 서쪽에서였다. 아르킬로코스Archilochus[23]는 이렇게 말했다. "우리에게 마실 걸 가져와 / 적포도주 찌꺼기가 흔들리지 않게 / 이런 일을 하면서 술에 손을 대지 않는다는 건 우리에겐 불가능하니까."

우리는 우리의 젊음이 완전히 타락해버린 푸르Four 가와 부치Buci 가 사이에서 술잔을 기울이며, 절대로 이보다 더 잘할 순 없을 거라고 확신할 수 있었다.

---

23 기원전 7~8세기경 고대 그리스의 서정시인.

3

"회고록을 쓴 사람들 가운데 대다수는 자신의 나쁜 행동이나 성향을 얼떨결에 위업이나 선한 본능으로 착각했을 시에만 우리에게 그것을 드러낸다는 사실을 발견했다. 이런 일은 종종 일어나곤 했다."

알렉시 드 토크빌 Alexis de Tocqueville, 《회상록 Souvenirs》

앞서 기술한 상황들 다음으로, 내 삶 전체에 의심할 여지가 없이 큰 영향을 끼친 것은 일찍이 터득한 술 마시는 버릇이다. 와인, 증류주, 맥주 등 그중 몇몇 종류의 술을 마시지 않으면 버틸 수 없었던 순간들과 그 술을 다시 찾곤 했던 순간들이 하루, 한 주, 한 해가 지날 때마다 내가 살아온 시간의 큰 줄기와 굴곡을 그려나갔다. 이 밖에도 내 인생에서 거의 언제나 중요한 자리를 차지했던 관심사가 두세 개 정도 있었다고 할 수 있다. 그러나 음주만큼이나 변함없이 내 곁을 지켜준 것은 없었다. 내가 좋아하면서도 잘할 수 있었던 몇 안 되는 일들 가운데 확실히 가장 잘했던 것은 술을 마시는 일이었다. 책도 많이 읽은 편이지만, 그보다는 술을 더 많이 마셨다. 글을 쓰는 사람 중 대부분보다는 글을 적게 썼지만, 술을 마시는 사람 중 대부분보다는 훨씬 더 많이 들이켰다. "살면서 딱 한 번 술에 취하는 사람들이 있다. 그러나 그들에게는 그 한 번이 평생을 간다." 발타사르 그라시안[24]이 오로지 독일인 중에만 나올 수 있는 엘리트를 염두에 두며 이렇게 표현한 무리에는 나도 포함될 수 있을 것이다. 다만, 나를 보면 알 수 있듯이 프랑스인을 빠뜨리고 그렇게 말한 것은 불공평하다.

한편, 나에 대한 매우 정당하지 않은 비판이나 괴상하기 짝이 없는 모함을 자주 접해온 나로서는 30년이 넘는 세월 동안 누군가가 불만을 품고 나의 도발적인 주장에 암묵적으로나마 반대하기 위한 근거로 내 술주정을 언급하지 않았다는 것은 조금 놀라운 사실이었다. 1980년경 영국에서 마약에 중독된 몇몇 젊은이들이 내가 술 때문에 망가져버린 바람에 더는 해를 끼치지 않는다고 쓴 것이 유일한 예외이다. 나는 나라는 사람에게 문제가 될 수 있는 이런 면을 단 한 번도 숨기려고 한 적이 없으며, 이는 나를 한두 번 이상 만나본 사람에게는 모두 의심할 여지가 없는 사실이었다. 그게 어느 정도였느냐 하면, 베네치아나 카디스, 함부르크나 리스본에서 그저 카페 몇 군데를 자주 드나들며 알게 된 사람들로부터 높은 평가를 받기까지는 매번 며칠이면 충분했다.

---

24 발타사르 그라시안 이 모랄레스Baltasar Gracián y Morales, 1601-1658. 스페인의 작가.

처음에는 다른 사람들처럼 가벼운 취기가 좋았지만, 머지않아 지독한 취기 이상의 상태를 좋아하게 되었다. 그 너머에서는 끔찍하게도 황홀한 평화와 흐르는 시간의 진정한 맛을 맛볼 수 있었다. 처음 수십 년간은 일주일에 한두 번 정도 가볍게 취한 것처럼 보였을지 모르지만, 사실은 수개월 동안이나 계속해서 취해 있는 상태였다. 또, 그런 상태가 아니었던 시간에도 술은 많이 마셨다.

경험에 의하면, 아주 다양한 종류의 빈 술병이 만들어내는 무질서도 정리가 가능하다. 먼저, 원산지에서 직접 마신 술과 파리에서 마신 술로 나눌 수 있다. 다만, 20세기 중반 파리에서는 거의 모든 종류의 술을 구할 수 있었다. 파리 곳곳에서는 그저 집에서 마신 술과 친구들 집에서 마신 술, 카페나 지하주점, 바, 레스토랑, 그리고 길거리나 특히 테라스에서 마신 술로 분류해 볼 수 있다.

술자리를 다시 시작하는 데에는 시간과 그에 따라 변화하는 조건들이 거의 항상 결정적인 역할을 하곤 한다. 이것들은 다양하게 주어진 선택지 가운데 어떤 것을 선호해야 합리적인지 알려준다. 가령, 아침에 마시는 술이 있다. 아침은 꽤 오랫동안 맥주를 마시는 시간이었다. 소설 《통조림공장 골목》Cannery Row[25]에서 술의 달인으로 보이는 한 등장인물은 "아침 맥주만큼 맛난 건 없다"고 공언한다. 그러나 내 경우에는 아침에 일어나면 대부분 바로 러시아산 보드카가 당겼다. 식사 중에 마시는 술이 있는가 하면, 점심과 저녁 식사 사이 오후에 마시는 술이 있다. 밤에는 와인과 증류주가 있고, 그다음에 마시는 맥주가 또 매력적이다. 그때 마시는 맥주는 갈증을 일으키기 때문이다. 밤 끝자락에, 날이 다시 밝아올 즈음에 마시는 술도 있다. 이렇게 술을 마셔대느라 정작 글을 쓸 시간이 부족했다고 볼 수도 있다. 그러나 나에게는 오히려 그게 딱 적당했다. 글쓰기란 흔치 않은 행위로 남아야 한다. 그도 그럴 것이 최고의 글을 발견해내기까지는 오랫동안 술을 마셔야 하기 때문이다.

나는 유럽의 온갖 대도시들을 자주 돌아다니며 거기서 맛보아야 했던 술을 모두 맛보았다. 그 목록을 작성하자면 상당히 길어질 것이다. 그중에는 부드러운 맛과 쓴맛이 섞인 영국의 파인트 맥주, 대형 잔에 담겨 나오는 뮌헨 맥주, 아일랜드 맥주, 가장 정통적인 맥주라고 할 수 있는 체코의 필스너, 브뤼셀 주변 지역에서 마실 수 있는 바로크식 괴즈Gueuze 맥주가 있다. 괴즈 맥주의 경우, 각각의 수제 맥주 양조장마다 자기만의 개성

---

25 미국의 소설가 존 스타인벡John Steinbeck이 1945년 발표한 소설.

넘치는 맛을 가지고 있었으며, 먼 곳으로 운송하는 것도 불가능했다. 또, 알자스 지방의 과일 브랜디와 자메이카의 럼주, 펀치, 올보르Ålborg의 아쿠아비트Akuavit, 토리노의 그라파Grappa, 코냑과 각종 칵테일. 그 무엇과도 비교할 수 없는 맛을 가진 멕시코의 메스칼Mescal도 있다. 프랑스 모든 지역의 와인, 특히 그중에서도 가장 매력적인 부르고뉴산 와인과 이탈리아산 와인, 그중에서도 랑게Langhe 지방의 바롤로Barolo 와인, 토스카나 지방의 키안티Chianti 와인, 그리고 스페인산 와인 중에서는 카스티야 라 비에하Castilla la Vieja 지방의 리오하Rioja 와인과 무르시아Murcia 지방의 후미야Jumilla 와인을 즐겨 마셨다.

오랜 음주로 인해 마침내 불면증에서부터 통풍, 현기증까지 이런저런 병이 생기지 않았더라면, 아마도 나는 아픈 곳이 거의 없었을 것이다. "알코올중독자의 손 떨림처럼 아름다운"이라고 로트레아몽은 말했다. 감동적이지만 힘겨운 아침들이 있다.

헤라클레이토스Heracleitos[26]는 "본인의 어리석음은 숨겨야 좋다. 다만, 폭음으로 술에 취한 상태에서는 그러기 어렵다"라고 생각했다. 한편, 마키아벨리는 프란체스코 베토리 Francesco

---

26 소크라테스 이전 시기에 활동했던 고대 그리스의 철학자.

Vettori [27]에게 보내는 편지에서 "누군가 우리의 편지를 읽는다면 … 우리가 위대한 것에 전적으로 헌신하는 근엄한 사람들이며 훌륭하고 위대한 생각만을 펼치는 심성을 가졌다고 생각할지도 모르네. 그러나 편지지를 넘기면서는 우리가 사실은 가벼운 데다가 일관성도 없고, 욕정이 가득하며, 허망한 것에 완전히 사로잡힌 것처럼 보일 걸세. 이러한 존재방식을 부끄럽게 생각하는 사람도 있겠지만, 나는 오히려 칭찬할 만한 것이라고 생각하네. 우리는 그저 변하는 자연을 모방할 뿐이지 않나." 한편 보브나르그[28]는 이제는 너무도 자주 잊히는 다음과 같은 규칙을 서술한 바 있다. "어떤 작가가 스스로 모순되는 논리를 펼치고 있는지 판단하기 위해서는 그를 회유하는 것이 불가능해야 한다."

한편, 내가 술을 마시는 이유 중 몇 가지는 높이 평가할 만하다. 시인 이백처럼, 나 역시도 다음과 같이 당당하게 주장할 수 있다. "나는 삼십 년 동안 술집에 내 명성을 숨겨왔다."

여기서 마셔본 기억이 있다고 언급했던 대다수의 와인과 증류

27 1474-1539. 피렌체 출신의 정치가이자 외교관. 로마교황청의 피렌체 대사였으며, 마키아벨리의 친구였다.

28 뤽 드 클라피에르 드 보브나르그Luc de Clapiers de Vauvenargues, 1715-1747. 프랑스의 모럴리스트(프랑스에서 16세기에서 18세기에 걸쳐 인간성과 도덕에 대한 탐구를 주제로 저술활동을 한 일군의 문필가).

주의 대부분, 모든 맥주는 오늘날 세계시장에서 그리고 산지에서도 원래의 맛을 완전히 상실한 상태다. 이는 오랫동안 대규모 산업 생산으로부터 독립을 유지했던 사회 계급들의 소멸 또는 경제적 재교육 같은 산업 발달의 현상과 함께 나타난 현상이다. 그 결과로 이제는 산업시스템 내부에서 생산하지 않은 것은 국가적인 차원에서 거의 모두 금지해버리는 다양한 규제들이 생겨났다. 이러한 상황에서도 계속해서 팔릴 수 있도록 술병의 라벨은 충실히 남아 있게 되었으며, 이러한 정확성은 예전과 같은 술병 사진을 찍을 수는 있지만 예전과 같은 술을 마실 수는 없다는 것을 보증한다.

나도, 나와 함께 술을 마셨던 사람들도, 우리는 그 어떤 순간에도 우리의 행동이 불편하지 않았다. "인생이라는 향연에서", 적어도 그곳에서만큼은 기분 좋게 초대받아 앉아 있었던 우리는 우리가 이렇게나 방탕하게 마시는 술이 이다음에 태어난 사람들의 뱃속까지는 채워주지 못할 거라는 생각을 조금도 하지 못했다. 술에 취해 있었던 기억을 되짚어보자면, 우리는 이 세상에서 술을 마시는 사람보다 술이 먼저 없어질 거라고는 단 한 번도 상상하지 못했다.

4

"율리우스 카이사르가 자신의 업적을 손수 글로 쓴 것은 사실이
다. 그러나 이 영웅의 글 속에서 그의 겸손함은 그가 말하는 본인
의 가치와 어깨를 나란히 한다. 심지어 그 글을 쓰기 시작한 것도
그저 스스로에 대한 지나친 찬사를 통해 후대 사람들이 그의 역사
를 격찬할 기회를 빼앗아버리기 위함인 것처럼 보인다."

발타사르 그라시안,《사려 깊은 자 El Discreto》

나는 세상을 꽤 잘 아는 편이었다. 세상의 역사와 지리, 세상이라는 무대와 그곳에서 살아가는 사람들, 그들의 다양한 관습, 특히 "주권이란 무엇인지, 얼마나 많은 종류의 주권이 있는지, 주권을 어떻게 손에 넣고, 어떻게 지키며, 또 어떻게 잃는지를" 말이다.

　나는 그리 멀리까지 여행할 필요는 느끼지 못했지만, 문제를 바라볼 때 있어서는 그때그때 수개월이나 수년 정도 가치가 있다고 생각되는 시간을 충분히 할애해서 상당히 깊이 따져보았다. 나는 인생의 대부분을 파리에서, 더 자세히 얘기하자면 생자크Saint-Jacques 가와 루아이에콜라르Royer-Collard 가의 사거리, 생마르탱Saint-Martin 가와 그르나타Grenata 가의 사거리, 그리고 바크Bac 가와 코마유Commailles 가의 사거리로 이루어진 삼각형의 안쪽에서 보냈다. 실제로 그렇게 제한된 공간에서, 그와 직

면하는 좁은 경계 구역에서 밤낮을 보냈다. 그 안에서는 주로 동쪽에서 지냈으며, 북서쪽으로는 아주 가끔 향했다.

만일 몇몇 역사적 필연들이 여러 번이나 나를 끄집어내지 않았더라면, 나와 완벽하게 어울리는 이 구역을 단 한 번도, 아니면 거의 벗어나지 못했을 것이다. 젊을 때 잠깐이나마 더 먼 곳으로 혼란을 확산시키기 위해 위험을 무릅쓰고 짧게 외국에 다녀온 적이 몇 번 있다. 이후 파리 도시가 엉망진창이 되면서 우리가 그곳에서 누려온 삶의 방식이 통째로 파괴되었을 때는 훨씬 더 긴 기간 동안 나가 있기도 했다. 이는 1970년부터 있었던 일이다.

이 도시는 끊임없이 반복된 혁명들로 세상에 심려를 끼치고 사람들을 충격에 빠뜨렸다는 이유로 다른 도시들보다 조금 더 일찍 파괴당했다고 생각한다. 이는 안타깝게도 그러한 혁명들이 언제나 실패해버렸기 때문이기도 하다. 그 결과 우리는 오래전 브라운슈바이크Braunschweig 선언[29]이나 지롱드파의 이스나르Isnard가 했던 연설에서 위협받았던 만큼이나 완전한 수준의

---

29 프랑스 혁명 전쟁 중이던 1792년, 프랑스 혁명 세력과 대치하는 프로이센의 육군 원수였던 브라운슈바이크 공작이 혁명 세력을 상대로 한 선언으로, 혁명 세력이 루이 16세나 그 가족을 다치게 할 경우 파리를 파멸시키겠다는 내용이었다. 그러나 이 선언은 그 의도와는 반대로 오히려 혁명의 열기를 더 거세게 만들었다.

파괴라는 벌을 받게 된 것이다. 그렇게나 많은 혁명의 두려운 기억들과 파리라는 위대한 이름을 매장해버리기 위해서 말이다. (1793년 5월, 국민공회의 회장직을 맡았던 비열한 이스나르는 뻔뻔하게도 다음과 같은 시기상조의 발표를 한 바 있다. "거듭 일어나는 봉기로 인해 국가를 대표하는 자가 해를 입는 일이 일어난다면, 프랑스의 이름으로 선언하는 바이니, 파리는 파괴될 것이고, 머지않아 센강의 기슭에서는 파리라는 도시가 존재한 적이 있었는지 찾아보게 될 것이다.")

센강의 물가가 보이는 자라면, 우리가 받았던 고통도 보이리라. 이제 그곳에는 차를 탄 노예들이 개미 떼처럼 분주하게 줄지어서 움직이는 모습밖에 볼 수가 없다. 자유도시 피렌체의 몰락기[30]를 살던 역사가 귀차르디니 Guicciardini 는 본인의 회고록 《메멘토 Memento》에 다음과 같은 글을 남겼다. "모든 도시, 모든 국가, 모든 왕국은 언젠가 그 수명을 다한다. 모든 사건은 자연스럽게 또는 사고를 통해 종국에는 그 종착점에 이르러 끝나기 마련이다. 그러므로 고국의 몰락을 목격한 시민은 고국의 불행과 당시 고국이 맞닥뜨린 불운에 그렇게까지 마음 아파하지 않아도 된다. 그보다는 본인이 처한 불행에 눈물을 흘려야 한다.

---

30 도시국가로 운영되던 피렌체공화국이 종말을 맞이하는 1530년 전후의 시기를 가리킨다.

도시의 경우 어차피 일어날 일이 일어난 것일 뿐이지만, 이런 재앙이 일어나야 했던 바로 그 순간에 태어난 것이야말로 진정으로 불행한 일이기 때문이다."

역사와 예술을 다루는 기존의 수많은 증언에도 불구하고, 오로지 나만이 유일하게 파리를 좋아했던 것처럼 보일 수도 있을 것이다. 무엇보다도, 역겨운 "70년대"를 살아가면서 이러한 주제에 반응을 보인 사람은 나 말고는 없기 때문이다. 그러다가 시간이 지나고 나서는, 비록 사람들 입에 많이 오르내리지는 않았지만, 옛날의 파리 역사가 루이 슈발리에 Louis Chevalier가 《파리의 암살》이라는 책을 출판한 사실을 알게 되었다. 그리고 바로 그 순간 이 도시에서 살았던 사람들 가운데 올바른 사람이 적어도 두 명이 된 것이다. 나는 파리의 이러한 쇠퇴를 더는 오래 지켜보고 싶지 않았다. 더 일반적으로 말하자면, 무언가를 책망하면서도 그것의 몰락을 두고 모든 필요한 조치를 취하지 않았던 사람들의 의견은 조금도 중요시해서는 안 된다. 그게 아니라면, 실제로 그것과는 아무런 관계도 없다는 듯 언제나 무관심한 태도를 보이는 사람들의 의견도 말이다.

요컨대 샤토브리앙은 다음과 같이, 꽤 정확하게 지적한 바 있다. "나와 같은 시대를 살아가는 현대 프랑스 작가 중에서 자신의 작품과 비슷한 인생을 사는 사람은 내가 유일하다." 어쨌든 내 경우에는 내가 이렇게 살아야 한다고 말한 삶의 방식대로 인생을 살았다. 이는 어쩌면 오늘날의 사람들, 즉 현대의 경제 생산을 감독하고 그것이 갖춘 광고의 힘을 휘두르는 이들의 지시대로 살기만 하면 된다고 믿는 것처럼 보이는 사람들에게는 더욱 이상하게 비칠 것이다. 나는 이탈리아와 스페인, 그중에서도 주로 황금시대의 바빌론이라고 불리는 피렌체와 세비야에서 살기도 했다. 당시까지는 생기가 넘치던 다른 도시들과 심지어 시골에서도 살아보았다. 그렇게 몇 년간 만족스러운 시간을 보냈다. 그리고 나서 한참 뒤 파괴와 오염, 위조의 물결이 전 세계의 표면을 덮어버리고 세상의 거의 밑바닥까지 빠져나갔을 때에야 비로소 나는 파리에 남겨진 폐허로 돌아올 수 있었다. 그곳보다 나은 곳이 아무 데도 없었기 때문이다. 하나로 통합돼버린 세상에서 망명이란 불가능하다.

그렇다면 그동안 나는 대체 무엇을 했을까? 몇몇 위험한 만남을 아주 멀리하지는 못했다. 어쩌면 어떤 만남의 경우에는 내 스스로 직접 침착하게 찾아다녔다고 볼 수도 있다.

이탈리아에서는 당연하게도 모든 이에게 잘 보이지는 못했다. 그러나 피렌체의 올트라르노Oltrarno 동네에 살면서는 운 좋게도 "피렌체의 뻔뻔한 여인들sfacciate donne fiorentine"을 만날 수 있었다. 그중에는 아주 상냥했던 피렌체 아가씨가 한 명 있었다. 그

녀는 저녁마다 강을 건너 산프레디아노San Frediano까지 오곤 했다. 나는 느닷없이 그녀와 사랑에 빠져버렸는데, 아마도 그녀의 아름다우면서도 슬픈 미소 때문이 아닐까 생각한다. 결국, 나는 그녀에게 이렇게 말했다. "잠잠하지 마소서. 당신 곁의 나는 이방인이자 나그네이오니. 내가 떠나 더는 없기 전에 조금이나마 기운을 회복하게 하소서." 그 당시 이탈리아는 다시 한번 시들어가던 때이기도 했다. 피렌체 축제에서 너무 늦게까지 서성거리던 사람들이 수감돼 있었던 감옥으로부터 다시 충분한 거리를 두어야 했기 때문이다.

언젠가 젊은 뮈세[31]는 다음과 같은 경솔한 질문으로 주목받은 적이 있다. "바르셀로나에서 보았는가 / 가슴이 까무잡잡한 안달루시아 여인을." 아, 당연한 말씀을! 1980년부터일 것이다. 나는 스페인에서 일어나는 광기에 일조하곤 했는데, 아마도 그때 가장 많이 그랬던 것 같다. 그러나 원시적인 아름다움과 목소리를 겸비한 치명적인 매력의 공주는, 스페인이 아닌 다른 나라에서 등장했다. 그녀가 부르던 노래에서는 "내가 어떻게 오는지 보세요Mira como vengo yo"라는 아주 진솔한 가사가 들리곤 했다. 그날 이전에는 많이 들어 보지 못한 노래였다. 나는

---

31 알프레드 드 뮈세Alfred de Musset, 1810-1857. 19세기 프랑스의 낭만주의 시인이자 작가. 20세였던 1830년 대담하고 분방한 시집《스페인과 이탈리아 이야기》를 발표해 문단의 주목을 받으며 데뷔했다.

이 안달루시아의 여인을 오랫동안 사랑했다. 얼마 동안 그러했느냐고 묻는다면, 파스칼의 말처럼 "우리의 헛되고 보잘것없는 수명에 비례하는 시간 동안"이라고 할 것이다.

나는 아무도 살지 않는 오베르뉴Auvergne 지방 깊숙한 곳에 위치한 낡은 산속으로 들어가, 땅은 극도로 황폐한 데다 다른 마을들과는 멀리 떨어져 있어 접근하기 어렵고 주위는 숲으로 둘러싸인 집에서 살아보기도 했다. 여러 해의 겨울을 그곳에서 보냈다. 며칠 동안 끊임없이 눈이 오기도 했다. 바람은 눈 더께를 짓곤 했다. 울타리를 세워 도로를 보호하는 곳이었다. 바깥에 벽이 둘러져 있는데도 마당에는 눈이 쌓였다. 벽난로에서는 장작들이 타닥거렸다.

그 집은 은하수를 향해 바로 열려 있는 듯했다. 밤에는 가까운 하늘에서 별들이 한순간 강렬하게 반짝였다가 이윽고 지나가는 여트막한 안개에 가려지기도 했다. 우리의 대화, 축제, 만남, 그리고 끈질긴 열정도 그러했다.

그곳은 폭풍우의 고장이었다. 바람이 잔디밭 위에 낮게 깔리며 빠르게 스쳐 지나가거나 지평선으로 불빛들이 갑작스럽게 연달아 깜빡이는 것을 시작으로 폭풍우는 기척도 없이 가까이 다가오곤 했다. 이윽고 천둥 번개가 들이닥치면, 우리는 마치 포위를 당한 요새 안에서처럼 오랫동안 사방으로 포격을 당하곤 했다. 한번은 밤에 밖에 있다가 내 바로 옆으로 떨어지는 번개를 목격했다. 어디를 내려쳤는지 제대로 볼 수도 없이 말이다. 온 풍경에서 골고루 빛이 났다. 잠시 경이로운 순간이었다. 예술작품 속 그 어떤 것도 나에게 그렇게나 영원한 섬광의 인상은 준 적이 없는 것 같았다. 로트레아몽이 《시편 Poésies》[32]이라고 제목을 붙인 계획적인 발표문에서 선보인 산문을 제외한다면 말이다. 그 밖에 말라르메의 백지도, 말레비치의 〈흰색 위의 흰색〉도, 심지어 〈자식을 잡아먹는 사투르누스〉처럼 고야가 말년에 그린 회화 중 검은색이 모든 것을 집어삼켜 버린 작품들도 그런 인상을 주지는 못했다.

서로 다른 세 방향에서 언제든지 불어닥칠 수 있는 칼바람이 수풀을 뒤흔들었다. 북쪽 광야의 나무들은 서로 간의 간격이 더 넓어서 마치 사방이 확 트인 정박지에서 닻이 휘둘리는 배들처럼 휘어지고 흔들렸다. 오밀조밀 모여 집 앞의 작은 언덕을 지키던 나무들은 서로에게 의지하며 바람에 맞섰고, 그중에서 맨 앞줄에 있는 나무들은 서쪽에서 거듭 불어닥치는 바람의 충격을 흡수했다. 집에서 더 멀리 떨어진 반원 형태의 언덕 위에는

---

32 전체 제목은 "Poésies: préface à un livre futur"로, 우리말로는 '시편: 미래의 서적에의 머리말'이라고 옮길 수 있다.

나무들이 정사각형 모양의 숲으로 정렬되어 있었는데, 이는 전투 장면을 그린 18세기의 몇몇 회화 작품에서 볼 수 있는 것처럼 마치 체스판에 배치된 듯한 군대의 모습을 연상시켰다. 번개는 매번 헛되이 내리치다가도 가끔은 나무 한 줄을 쓰러뜨려서 좁은 통로를 만들어내기도 했다. 겹겹이 쌓인 구름은 하늘을 달리듯이 가로질렀다. 한번 바람이 급작스레 방향을 바꾸면 구름은 순식간에 도망을 쳤고, 또 다른 구름 떼가 그 뒤를 따라나서곤 했다.

고요한 아침에는 새벽녘부터 날아다니는 새들과 완벽히 상쾌한 공기가 어우러졌다. 비스듬히 떠오르는 태양의 빛을 정면으로 마주하는 나무들은 눈부시면서도 부드러운 초록의 색감을 선사했다.

한 주 한 주가 정신없이 지나갔다. 하루는 아침 공기를 맡고 가을이 왔음을 알았다. 또 한 번은 입안에서 공기의 부드러운 감각이 느껴지자, "봄의 숨결"이 이번에도 빠르게 약속을 지킨다는 듯이 나타났다.

나처럼 무슨 일이 있어도 줄곧 거리와 도시에서 살았던 사람에 비하면, 몇 번의 웅장한 고립의 계절들이 지니는 매력과 조화가 나를 쉽사리 놓아주지 않았다는 사실에 주목할 필요가 있다.

(바로 여기서 나의 취향이 나의 판단을 어느 정도로 심하게 왜곡시키지 않는지 알 수 있을 것이다.) 기분 좋고 인상적인 고독이었다. 그러나 사실 나는 그때 혼자가 아니라 알리스[33]와 함께였다.

1988년 한겨울 밤에 외방전교회 광장에서 올빼미 한 마리가 아마 불안정한 기후에 속기라도 했는지 집요하게도 울어댔다. 당시 이 미네르바의 새[34]를 신기하게도 연이어 마주쳤는데, 이 동물이 내비친 당혹스러움과 분노의 기색은 결코 내가 살면서 보였던 경솔한 행동이나 수차례의 방황을 암시하는 것처럼 보이지는 않았다. 나는 내 인생이 어떻게 하면 다른 인생이 될 수도 있었는지, 내 인생을 어떻게 정당화해야 하는지 단 한 번도 헤아려본 적이 없다.

---

33 기 드보르의 두 번째 아내인 중국계 프랑스 작가 알리스 베커 호Alice Becker-Ho를 말한다. 당시 기 드보르는 68혁명에서의 점거 활동 이후 체포를 피해 그녀와 함께 상황주의자 인터내셔널의 주역 중 하나였던 라울 바네겜의 집으로 피신했다.

34 올빼미를 지칭하는 관용구. 올빼미는 그리스 로마 신화에서 지혜의 여신 미네르바(아테나)를 상징하는 새로 알려져 있다.

5

"나는 학자이자 교양인이고, 그러한 의미에서는 한 명의 신사인
바, 나는 스스로가 '신사들gentlemen'이라 불리는 잘못 정의된 부
류와는 어울리지 않는 구성원이라고 본다. 내 이웃들도 같은 의견
인데, 한편으로는 아마도 앞서 설명한 이유 때문일 것이고 다른
한편으로는 내가 뚜렷한 직업도, 사람들과의 교류도 없는 듯 보이
기 때문이다."

토머스 드 퀸시Thomas de Quincey, 《어느 영국인 아편중독자의 고백》

내가 행했던 모든 일이 여러 우연의 일치로 일종의 음모로 낙인찍혔다. 그 당시에는 수많은 직업이 값비싼 대가를 치러가며 새로 생겨나던 때였다. 그 유일한 목적은 이 사회가 아주 최근 들어 어떤 아름다움에 다다를 수 있었는지, 그리고 그 아름다움이 온갖 담론과 계획 속에서 어떻게 합당하게 추론됐는지를 보여주는 데 있었다. 월급쟁이가 아니었던 나는 그 완벽한 반례를 몸소 보여주었으며, 그 결과 어쩔 수 없이 부당한 평가를 받게 되었다. 한편, 이러한 삶은 나에게 여러 나라를 다니며 그곳에서 틀림없이 일종의 타락한 사람들로 간주당하는 이들을 만나게 해주었다. 경찰들은 이런 사람들을 감시한다. 경찰식 지각知覺 방식이라고 부를 수 있는, 이러한 특이한 사고방식은 1984년 3월 18일 자 《일요신문 Journal du Dimanche》에서 나에 대해 다음과 같이 쓴 글을 통해서도 이해할 수 있다. "강력범죄수사대든, 국토감시국이든, 일반정보국이든 간에, 수많은 경찰에게 사건의 가장 유력한 단서는 기 드보르 주변 사람들을 가리킨다. …
그러나 적어도 기 드보르가 그를 둘러싼 전설에 충실하며 그와
관련해서는 과묵하다는 사실만큼은 단언할 수 있다.” 이에 앞
서 1972년 5월 22일 주간지 《르 누벨 옵세르바퇴르Le Nouvel Ob-
servateur》는 다음과 같이 보도한 바 있다. “《스펙타클의 사회》의
저자는 늘 이목을 끌지 않으면서도 반박할 수 없는 우두머리의
모습으로 대중 앞에 나서왔다. … 체제의 전복을 준비하는 상황
주의자 인터내셔널[35]의 명석한 공모자들이 이루는 별자리는 시
시때때로 변하지만, 그 한가운데에는 언제나 그가 있다. 그는
마치 미리 짜둔 판을 … 매번 정확히 이끌어가는 냉철한 체스
선수와도 같다. 도저히 실체를 가늠할 수 없는 어떤 힘으로 재

---

35 상황주의자 인터내셔널Situationist International은 기 드보르가 이끈 '문자주
의 인터내셔널'과 덴마크의 미술가 아스게르 요른Asger Jorn, 1914-1973이
이끈 '이미지주의 바우하우스'의 통합으로 1957년 결성되었다. 정치적으로는
마르크스주의를, 예술적으로는 다다이즘을 비판적으로 계승하여 정치와 예
술 양면에서 말 그대로 '아방가르드' 즉 전위적 운동을 펼쳤다. 이들의 목표
였던 "상황"의 구축이란, 소비자본주의적인 일상의 공간을 진정한 혁명적 실
천의 장으로 만드는 것을 뜻했다. 기 드보르는 이 단체의 실질적 리더였으며
《스펙타클의 사회》는 이들 활동의 이론적 토대 중 하나이기도 했다. 1953년
기 드보르가 저항적 실천의 일환으로 거리에 낙서한 문구 "절대 일하지 말라"
가 후일 68혁명의 대표적 슬로건으로 떠오른 데서 알 수 있듯, 이들의 활동과
지향은 68혁명의 정신적 기폭제가 되었고 이들 역시 68혁명에 적극적으로
개입했다. 그러나 이후 68혁명의 열기가 기성 정치에 흡수되면서 이들도 퇴
조와 내부분열의 징후를 보이다 1972년 자체 결정을 통해 완전히 해산한다.

능과 의리로 똘똘 뭉친 사람들을 자기 주변으로 끌어모으며, 이후 체스판 위에서 말을 하나하나 움직이듯이 자신의 순진한 부하들을 조종하며 유유히 능숙한 솜씨로 해산시킨다. 그리고는 끝내 우두머리로 혼자 남아 매번 게임을 지배한다."

우선 나 같은 부류의 사람에게는 놀라운 일일 테지만, 실은 인생의 많은 경험이 그동안 수많은 책에서 봐왔으면서도 믿지는 않았던 가장 흔해 빠진 생각들을 입증하고 예시로 보여주는 것일 뿐이라는 사실을 받아들여야 한다. 자신이 이미 경험한 것을 상기한다면, 지금까지 한 번도 제시된 적이 없는 견해나 예기치 못한 모순을 그 어떤 경우에서도 찾을 필요가 전혀 없을 것이다. 그렇게 나는 몇 가지 진실을 통해, 여러 나라의 경찰 중에서도 영국 경찰이야말로 가장 의심이 많으면서도 가장 예의 바르며, 프랑스 경찰은 역사적인 해석을 가장 위험한 방식으로 집행하고, 이탈리아 경찰은 가장 파렴치하며, 벨기에 경찰이야말로 가장 거친 데다가, 독일 경찰은 가장 교만해 보인다는 것을 알게 되었다. 그리고 그중에서도 가장 비이성적이면서도 무능해 보이는 것은 스페인 경찰이었다.

어느 정도 경지에 다다른 필력으로 글을 쓰며, 그 결과 말을 한다는 것이 무엇을 의미하는지 잘 아는 작가에게, 수사관이 쓴 조서에 적힌 본인의 답변을 다시 읽고 그에 동의하며 서명하는 일은 대개 슬픈 시련과도 같다. 먼저, 모든 진술은 수사관의 질문에 따라 흘러가는데, 조서에는 이러한 질문들이 대부분 언급조차 되어 있지 않다. 그리고 이때 질문들은, 언뜻 보기와는 달리 특정한 정보나 사건의 명료한 이해를 위한 단순한 논리적 필연성을 담고 있지 않다. 진술에서 표명할 수 있었던 답변은 직위가 가장 높은 경찰이 받아 적은 것임에도, 명백히 어색하고 부정확한 표현이 많이 들어 있는 요약본보다 낫기가 좀처럼 불가능하다. 죄를 지어보지 않은 사람들은 많이들 모르는 사실이지만, 우리가 표현한 생각이 화가 날 정도로 충실치 못하게 해석되어 있는 경우에는 모든 세세한 사항에 대해 반드시 구체적인 수정을 요구해야 하는 것과는 달리, 즉흥적으로 내뱉은 표현이 적절하고 만족스럽다고 해서 모든 진술을 그런 방식으로 옮겨 적게 하는 것은 빠르게 포기해야 한다. 왜냐하면 이미 충분히 피곤한 시간을 한 번 더 겪어야 하는 일이기 때문이다. 이는 극단적인 정통주의자에게서는 존재의 의욕을 완전히 앗아갈 수도 있을 것이다. 그리하여 나는 이 글을 통해 선언하려 한다. 내가 경찰에게 답변했던 내용은 훗날 내 전집에 실리는 일이 없도록 할 것이다. 내가 그 내용의 진실성에 동의하며 서슴없이 서명했다고 해도, 그 형식에 양심의 가책을 느끼기 때문이다.

확실히, 어린 시절의 교육으로 얻은 몇 안 되는 긍정적 자질 가운데 하나로 신중함을 지녔던 나는, 때때로 더한 신중함을 보일 필요성을 느낀 적이 있다. 실제로 다수의 유용한 습관들은 그렇게 나의 부차적인 본성으로 자리 잡았다. 이는 나에게 악의를 품은 사람들이 혹여나, 이 모든 것이 그 어떤 면에서도 내가 원래부터 가지고 있던 본성과 다르지 않을 거라고 주장한다고 하더라도, 그들에게서 절대로 물러나지 않기 위해서라고 말할 수 있다. 나는 모든 분야에서 내 말을 듣는 사람들이 많아지면 많아질수록 덜 흥미로운 사람이 되려고 애쓰지는 않았다. 어떤 경우에는 사람들과 약속을 잡기도 했고, 친구들에게 내 의견을 전달할 때는 몇몇 유명한 시인들의 주변 인물 가운데 잘 알려지지 않은 이름을 빌려 겸손히 서명한 편지를 개인적으로 보내기도 했다. 예를 들면, 콜랭 드카이외Colin Decayeux나 기도 카발칸티Guido Cavalcanti 같은 이름이었다. 다만, 분명히 나는 그 어떤 종류의 글도 필명으로 출간할 만큼 나 자신을 낮추어본 적은 단 한 번도 없다. 가끔 돈에 매수된 몇몇 사람들이 언론에서 가장 추상적이고 일반적인 사항들만을 조심스럽게 건드리되 아주 뻔뻔스럽게 암시해온 중상모략에도 불구하고 말이다.

모든 권력기관을 부정하겠다는 결심이 어떤 긍정적인 결과를 가져다줄 수 있는지에 의문을 품어볼 수는 있으나, 이는 결국 바람직한 일은 아니다. "우리는 사물을 추구하는 것이 아니라 사물을 추구하는 것을 추구한다." 이는 오래전부터 확립된 불변의 사실이다. "사람들은 사냥감을 잡는 것보다 뒤쫓는 것을 더 좋아한다…."

　기술자의 시대인 오늘날, 우리는 흔히 "프로페셔널professional"
이라는 형용사를 "프로pro"라는 명사로 변형하여 사용한다. 그
러면 마치 뭐라도 보장된다고 생각하는 모양이다. 물론, 수익이
아니라 능력만을 고려한다면, 나도 아주 훌륭한 프로였다는 사
실을 의심할 사람은 한 명도 없다. 하지만 어떤 분야에서 프로
였는가 하는 질문이 남는다. 이것이 바로 흠잡을 데 많은 세상
에서 바라보는 나의 미스터리다.

　1969년, 블랭Blin과 샤반Chavanne, 드라고Drago는《언론법 개
론Traité du Droit de la Presse》이라는 책을 함께 펴내며 '옹호의 위험
성'에 관한 장에서 다행히도 그들을 굉장히 신뢰하도록 만들어
주는 권위와 경험을 빌려 다음과 같은 결론을 내렸다. "어떤 범
죄행위를 옹호한다는 것, 다시 말해서 그 범죄가 명예롭고, 용
맹하고, 합법적인 것처럼 제시한다는 것은 엄청난 설득력을 지
닐 수 있다. 이러한 범죄 옹호를 접한 사람들 가운데 의지가 약
한 사람들은 본인이 그러한 죄를 직접 짓기도 전에 미리 용서
받은 듯한 기분을 느끼게 될 뿐만 아니라, 법정에 서면서는 중
요한 인물이 될 기회를 살피게 될 것이다. 범죄심리학에 대한
이해는 옹호의 위험성을 보여준다."

6

"저 사람들이 길고 힘든 여정을 나란히 걸어 같은 장소에 함께 이르고는 위대하고도 고귀한 어떤 목적을 이루고자 무수한 위험에 노출될 모습을 떠올릴 때면, 이러한 생각들은 그러한 장면에 나에게는 큰 감동으로 다가오는 의미를 부여해준다."

카를 폰 클라우제비츠, 〈1806년 9월 18일 자 편지〉

나는 전쟁이나 전략이론가들뿐만 아니라, 전투에 관한 회상록 혹은 역사에서 수없이 언급되는 분쟁에 관한 회상록에도 크게 흥미를 느꼈다. 시간이라는 강물의 표면에 일어나는 소용돌이들 말이다. 전쟁이란 위험과 실망의 무대라는 것을, 어쩌면 인생의 다른 부분들보다 더 그러한 영역이라는 것을 모르지는 않는다. 그러나 이러한 사실을 고려한다고 해도 내가 그런 부분에서 느낄 수 있었던 전쟁의 매력이 반감되지는 않았다.

그리하여 나는 전쟁의 논리를 연구했고, 오래전에 이미 전쟁의 전개에서 본질적인 움직임들을 아주 간단한 체스판 위에 표현하는 데 성공했다. 서로 대척하는 힘, 양측 진영에서 각자의 작전에 불가피하게 부과되는 모순을 그렸다. 나는 그렇게 체스를 두면서, 거기서 얻은 몇 가지 교훈을 내 인생에서 가장 힘들었던 순간에 적용하기도 했다. 인생이라는 게임의 경우에는,

나 스스로 일종의 규칙을 정하고 따랐다. 이러한 크릭슈필Krieg-spiel[36]에서 예상치 못하게 마주하는 일들은 끝이 날 것 같지 않아 보였다. 정말로 그럴까 무섭기는 하지만, 어쩌면 이 게임이 야말로 내가 만들어낸 작품 중에서 그나마 사람들이 가치를 인정해줄 유일한 것일지도 모른다. 내가 체스에서 얻은 교훈을 제대로 사용했는지에 대한 문제는 다른 사람들이 결론을 내릴 수 있도록 여지를 남겨두고자 한다.

우리 같은 사람들은 비록 글쓰기로는 위대한 업적을 남길 수 있었으나 반대로 전쟁을 지휘하는 데에는 대체로 그렇게 숙련된 결과물을 내놓지 못했다는 점을 인정해야 한다. 전쟁을 지휘하면서 감당해야 했던 고통과 좌절은 계산으로 따질 수 없는 정도다. 프라하에서 후퇴하는 중이었던 보브나르그 대위는 유일하게 아직 막히지 않은 퇴로를 향해 황급히 부대를 이끌어 나아갔다. "도망치는 그들의 흔적 위로 허기와 무질서가 걷고 있다. 밤은 그들의 발걸음을 감싸고, 죽음은 조용히 그들의 뒤를 따른다. … 얼음 위로 피어오르는 불꽃들이 그들의 마지막 순간을 비춘다. 땅은 그들이 두려워하는 침상이다." 공디는 본인이 징집한 연대聯隊가 안토니오Antonio 다리에서 그렇게나 빨리 돌아서버리는 것을 보고 깊은 슬픔에 빠졌으며, 이 패주가 "코린토스Korinthos

---

36 19세기에 고안된 변형 체스로 독일어로 '전쟁 게임'이라는 뜻이다.

사람들에게 닥친 첫 패배"라는 식으로 언급되는 것을 애석해했다. 샤를 도를레앙Charles d'Orléans[37]은 불운의 아쟁쿠르Azincourt 전투[38]의 전방에서 본인이 나아가야 하는 경로 위로 사방에서 화살들이 쏟아지는 바람에 끝내는 무너지고 말았다. 그 전투에서는 "영국과 10 대 1로 맞서 싸운 프랑스의 고귀한 기사도와 호의가 패배를 당하는 모습"을 볼 수 있었다. 이후 샤를은 영국에서 25년간 포로 생활을 해야 했고, 그 결과 훗날 프랑스로 귀국해서는 본인 다음 세대의 품행을 잘 받아들이지 못하게 되었다. ("세상이 나를 지겨워한다. 나 또한 세상이 그렇다.") 투키디데스는 본인이 지휘하는 함대를 이끌고 도착했으나 슬프게도 암피폴리스Amphipolis의 몰락을 막기에는 몇 시간이나 심하게 늦고 말았다. 그는 결국 에이온Eion으로 보병대를 투입하여 그곳만은 구하는 데 성공했으나, 이는 재앙이 만들어낼 수많은 결과 중 단 하나만 막아내게 된 셈이었다. 카를 폰 클라우제비츠 중위의 경우에는 잘 꾸려진 군대와 함께 이에나Iena로 향하면서도 거기서 어떤 상황이 펼쳐질지는 전혀 예상하지 못하고 있었다.

그러나 루아얄루시용Royal-Roussillon 연대의 네르빈덴Neerwinden

---

37 샤를 1세 도를레앙, 1394-1465. 오를레앙 가문의 후계자이자 서정시인.
38 백년전쟁의 전투 중 하나로 1415년 10월 25일 프랑스군이 영국군에게 대패한 전투.

전투[39]에서 생시몽[40] 대위는 이미 온 대열을 완전히 쓸어버릴 만큼 강력한 적군의 포탄 세례에 꼼짝없이 노출돼 있었던 기병대로 다섯 차례나 돌격에 참여했다. 그러는 동안에도 "저 발칙한 나라"의 전열은 계속해서 재정비됐다. 이탈리아 제6 용龍 연대에서 부대위였던 스탕달은 오스트리아 포대 하나를 제거하기도 했다. 해상에서 이루어진 레판토Lepanto 전투에서 부하 열두 명을 이끌었던 세르반테스는 터키의 전함들이 근접해왔을 당시 갤리선의 마지막을 지키기 위해 흔들리지 않는 모습을 보였다. 또 아르킬로코스는 직업군인이었다고 한다. 그리고 단테의 경우, 피렌체의 기마병들이 캄팔디노Campaldino 평원을 가득 채우자 자신의 부하를 직접 죽이는가 하면, 심지어는 그 일화를《신곡》연옥편의 다섯 번째 곡에서 기꺼이 언급하기도 했다. "내 그에게 가로되, 무슨 힘이나 운명이 그대를 캄팔디노에서 그토록 먼 곳까지 길을 잃게 했기에 그대 무덤조차 알 수 없는 것인가?"

역사는 감동을 준다. 가장 훌륭한 작가들이 직접 전투에 참여해서는 본인이 글을 쓸 때보다 덜 우수한 모습을 보여주었던

---

39 1693년 네르빈덴 마을(현 벨기에)에서 프랑스군과 잉글랜드 국왕이 지휘하는 동맹군 사이에 일어난 전투.

40 루이 드 루브루아 생시몽Louis de Rouvroy Saint-Simon, 1675-1755. 프랑스의 공작 가문 출신 귀족이자《회고록》의 저자.

반면, 역사는 우리에게 자신의 열정을 전달하기 위해 탁월한 필력을 지녔던 사람들을 발굴하는 일에 언제나 성공했다. 1793년 11월 사브네Savenay 전투에서 승리를 거둔 이후, 웨스테르만Westermann[41] 장군은 국민공회에 이렇게 편지를 썼다. "제2의 방데Vendée란 없습니다. 방데는 그곳의 여인들, 아이들과 함께 우리 군대에 짓밟혀 죽었습니다. 방금 막 사브네의 늪과 숲에 방데를 묻고 오는 길입니다. 말발굽으로 아이들을 짓밟고, 여인들을 학살했습니다. 그렇게 죽은 여인들만큼은 앞으로 강도로 자랄 아이들을 낳을 일이 없을 것입니다. 나를 원망할 죄수조차도 단 한 명도 남기지 않았습니다. 모조리 몰살시켰습니다. … 우리는 죄수를 데리고 있지도 않을 생각입니다. 죄수에게는 자유의 빵을 나눠주어야 하는데, 그런 연민은 혁명과는 어울리지 않기 때문입니다." 그로부터 몇 개월 후, "관용파"라는 이름으로 낙인이 찍힌 웨스테르만은 당통파 사람들과 함께 처형을 당해야 했다. 1792년 8월 10일 봉기가 일어나기 며칠 전, 국왕의 마지막 보호자로 남아있던 스위스 수비대 중 한 장교는 자신의 동료들이 느끼는 심정을 편지 한 통에 담아 전달한 바 있다. "만일 국왕에게 무슨 일이 일어난다면, 국왕이 내려오는 계단 아래에는 옷이 온통 빨갛게 물든 자가 6백 명 이상은 누워 있어야 할 것이며, 그렇지 않을 경우 우리에겐 아무런 명예도 남지 않을 것

---

41 1751-1794. 프랑스 혁명 전쟁 당시 프랑스의 장군.

이라고 모두가 얘기했다." 실제로 앞서 언급한 웨스테르만은 국왕의 계단 앞으로 홀로 나아가 병사들에게 독일어로 먼저 말을 걸어서 그들을 무력화시키려고 했으나, 결국 습격 명령을 내리는 것밖에는 달리 방법이 없다는 것을 알아차렸고, 그 결과 6백 명이 조금 넘는 수의 근위병들이 살해당했다.

아직도 전투가 진행 중이던 방데에서는 〈패배한 반反혁명 왕당파가 제3공화국에 가담하며 부르는 노래〉가 집요히 울려 퍼지고 있었다. "딱 한 번 살다 가는 우리네 인생 / 명예에 살고 명예에 죽는다네 / 그저 고국의 깃발을 따라갈 뿐이지." 멕시코 혁명 당시 프란시스코 비야Francisco Villa[42]를 따르던 사람들은 다음과 같이 노래했다. "여기 유명한 북부사단이 나가신다 / 지금은 몇 남지 않았지만 / 계속해서 산을 넘어 다니며 / 어디서든 투쟁의 상대를 찾아내리라." 그리고 1937년 미국 링컨 부대에 자원한 군인들은 이렇게 노래했다. "스페인에 하라마Jarama 라고 불리는 그 계곡 / 우리 모두 너무나 잘 아는 곳이지 / 우리가 청춘을 잃었던 바로 그곳이라네 / 노년의 대부분도 그곳에서 잃게 되겠지." 프랑스 외인부대에 속해 있던 독일인들의 노래에는 조금 더 초연한 태도의 우수가 담겨 있다. "안마리Anne-

---

42 1878-1923. 멕시코의 혁명가. 의적으로 활동하다 농민군을 이끌고 멕시코혁명의 주역이 되었다. '판초 비야'라는 별명으로 더 잘 알려져 있다.

Marie여, 이 세상 어디로 가고 있는가? / 병사들이 머무는 마을로 가고 있지요." 몽테뉴에게는 몽테뉴만의 인용문이 있듯이 내게도 나만의 인용문이 있다. 병사들에게는 과거만 있을 뿐, 아무런 미래도 없다. 그렇기에 그들의 노래는 우리의 마음에 와 닿는 것이다.

《도시 Villes》에서 피에르 막 오를랑 Pierre Mac Orlan [43]은 프랑스 군 소속으로 아프리카 경보병 전투 부대에 배속된 젊은 불량배들에게 지시된 부샤벤 Bouchavesne 습격을 언급한 바 있다. "부샤벤과 랑쿠르 Rancourt 에서는 아프리카 대대의 군인들이 베를랭고 Berlingots 숲의 어느 작은 언덕에 올라가 몇 시간씩이나 자신들의 죄를 씻어내곤 했다. 그곳에서 멀리 떨어져 있지 않은 바폼 Bapaume 길가 위에서는 피카르디 Picardie 지역의 찢어진 옷자락이 보였다." 아주 능숙하게도 서툰 솜씨로 만들어진 이 문장 아래로는 그 군인들이 올라갔다는 언덕이 불쑥 솟아 있으며, 그 반대편 비탈길에서는 추억과 겹겹이 쌓인 의미들을 발견할 수 있었다.

헤로도토스가 쓰기를, 레오니다스가 지휘했던 부대가 지

---

43 1882-1970. 프랑스의 작가이자 시인. 본명은 피에르 뒤마르셰 Pierre Dumarchey다.

연遲延이라는 실리적인 전술을 끝마친 뒤 전멸했던 테르모필레Thermopylae 협곡의 좁은 길목에는 "펠로폰네소스에서 온 4백 명의 병사들"이 참여했던 절망적인 전투나 "명령에 순종하여" 그곳에서 잠든 3백 명의 스파르타 전사들이 싸웠던 전투가 기록된 비문들 옆에 예언가 메기스티아스가 특별한 비명碑銘으로 추모를 받고 있다고 한다. "예언가로서 그는 죽음이 임박해 있다는 사실을 알았다. 그러나 스스로가 스파르타 원수의 곁을 떠나는 것은 용납할 수 없었다." 훨씬 더 강력한 군사력의 습격이나 정면공격을 피하려면 이 협곡만큼 좋은 위치도 없다는 점은 예언가가 아니더라도 알 수 있는 사실이다. 그러나 어떤 경우에는 이러한 종류의 지식에 아무런 관심도 가지지 않는 것이 바람직할 때가 있다. 전쟁의 세계에서는 최소한 낙관론을 펼치는 멍청한 잡담들이 낄 수 있는 빈자리를 남겨두지는 않는다는 장점이 있다. 모두 잘 알다시피, 결국엔 모두 죽음을 맞이할 것이다. 제아무리 대단한 방어책이 있다고 하더라도, 파스칼의 말처럼 "최후의 막acte은 항상 피투성이다."

이러한 영역에서 또 어떤 발견을 기대할 수 있을까? 생프리바Saint-Privat 전투가 일어난 저녁, 프로이센의 왕이 왕비 아우구스타Augusta에게 보낸 전보는 거의 모든 전쟁을 요약해주고 있다. "병사들은 자기들만큼이나 용맹한 적에 맞서 값진 기적을 이루어냈다." 우리는 어느 한 장교가 경솔하게 전달한 짧은 명

령 지시문을 통해 1854년 10월 25일 발라클라바_{Balaklava}로 파
견된 경기병대가 죽음을 맞이해야 했던 사실을 알고 있다. "래
글런_{Raglan} 장군께서 기병대가 즉각 전선으로 나아가 적군이 대
포를 치우지 못하도록 막기를 바라신다." 이 글에 다소 부정확
한 면이 있는 것은 사실이지만, 어찌 되었든 간에 역사적인 시
도들을 불확실한 결말이나 피할 수 없는 죽음으로 이끌 수 있
었던 숱한 계획이나 명령보다 더 불명확하거나 잘못되었다고는
볼 수 없다. 군사작전의 내용이 어떠한지에 대하여 자신의 의견
을 표명해야 하는 상황에서 언론과 대학의 사상가들이 얼마나
거만한 태도를 보이는지를 지켜보는 일은 재미있다. 결과는 이
미 알려진 사실이므로, 작전의 현장에서 최소한 한 번의 승리가
있어야만 그들은 맹렬한 빈정거림을 자제할 것이며, 구체적
인 의견을 드러내면서는 과도하게 많은 피를 흘리게 했다는 둥,
승리를 거두기는 했지만 이런 점에서는 아쉽다는 둥, 그날 조금
더 똑똑하게 행동했더라면 더 확실한 승리를 거둘 수도 있었다
는 둥 하는 수준에 그칠 수 있다. 이런 사람들이야말로 실제 결
과는 살펴볼 생각도 하지 않은 채 기술 분야에서 가장 위험한
몽상가들과 경제 분야의 공상가들이 하는 말에 언제나 경건한
마음으로 귀를 기울여온 사람들이다.

포르투갈 정복을 지휘하라는 임무를 받고 참모부 앞에서 "명
령은 시간 낭비다"라고 말했던 마세나⁴⁴는 당시 57세였다. "우

리 같은 직업을 가진 사람들에게 목숨은 단 한 번뿐이다. 이 지구상에서도 마찬가지다." 시간은 기다려주지 않는다. 제노바를 두 번이나 지켜내는 사람은 없고, 파리에서 두 번씩이나 봉기를 일으키려는 사람도 없다. 본인이 이끄는 대군이 헬레스폰토스 해협을 지나자 눈물을 흘렸던 크세르크세스는 자신이 우는 이유를 설명하며 모든 전략적 사유의 바탕에서 가장 중요한 명제를 다음과 같은 한 문장으로 표현했다. "인간 삶의 그토록 짧은 시간을 생각할진대, 우리 눈앞에 보이는 저 많은 사람의 무리 가운데 백 년 후에도 살아 있을 자는 단 한 사람도 없으리라."

---

44 앙드레 마세나André Masséna, 1756-1817. 프랑스 혁명 전쟁 당시 프랑스의 군인.

7

"하지만 이 회고록이 언젠가 세상의 빛을 보게 된다면, 엄청난 반향을 일으키리라는 것을 의심치 않는다. … 또한, 회고록을 작성할 당시, 특히 작업이 거의 끝나갈 무렵은 모든 것이 거듭 커져만 가는 퇴폐와 혼란, 혼돈으로 변모하던 때였다. 그렇게 탄생한 이 회고록에서는 오직 질서와 규칙, 진실, 확실한 원칙만을 풍기는 동시에, 이에 반대되는 모든 것, 즉 가장 무지하나 가장 완전한 제국을 갈수록 더 지배하는 모든 것을 대놓고 보여주고 있으므로, 사방에서는 진실의 거울에 맞선 격변이 일어날 것이다."

생시몽, 《회고록 Mémoires》

1840년 호윗[45]이 발표한 《영국 농촌 생활The Rural Life of England》에 실린 어느 묘사문에서는 틀림없이 지나치게 일반화된 만족감을 드러내면서 다음과 같은 결론을 내렸다. "존재의 기쁨을 느낄 수 있는 사람이라면, 그에게 바로 그러한 시대에 그러한 나라에서 살 수 있도록 허락해준 하늘에 감사해야 한다." 반면, 우리가 살아가는 지금 이 시대에서는 삶과 관련하여 그토록 많은 영역에 널리 퍼져 있는 역겨움과 싹트는 공포를 느낄 수는 있으나, 이러한 감정을 심하게 부풀려 해석할 위험은 존재하지 않는다. 이는 뚜렷하게 느껴지는 감정이지만, 유혈사태가 생기기 전까지는 절대 밖으로 표현되지 않는다. 그 이유는 간단하다. 존재의 기쁨이 권위주의의 영향 아래 다시 정의된 것이 아주 최근

---

45 윌리엄 호윗William Howitt, 1792-1879. 영국의 작가로 역사를 주제로 한 저서를 많이 남겼다.

의 일이기 때문이다. 처음에는 그것의 우선순위가, 그다음에는 존재의 기쁨이라는 본질 전체가 다시 정의되었다. 이 모든 것에 새로운 정의를 내린 권위의 주체들은 그 어떤 다른 의견에도 아랑곳하지 않으며, 어떤 변화를 제조 기술에 도입해야 가장 큰 수익을 낼 수 있을지를 언제든지 결정할 수 있었다. 사람들에게 기쁨을 주어야 한다는 요구에 전혀 얽매이지 않은 채 말이다. 이로써 우리가 행하는 모든 행위의 주체와 그것을 둘러싼 모든 이야기의 화자가 처음으로 일치를 이루게 되었다. 그렇게 광기가 "도시의 높은 곳에 자기 집을 지었다."

이처럼 논란의 여지가 없이 두루 인정받는 능력을 누리지 못하는 사람들에게는, 존재의 기쁨을 어떻게 느낄 것인가라는 문제에 대하여 아무런 대꾸도 못한 채 그저 굴복하는 것 외에 다른 선택지가 주어지지 않았다. 그들은 본인들이 당한 굴복을 대변해줄 사람들을 다른 어딘가에 이미 선출해두었기 때문이다. 그리고 주목할 만한 가치가 없다고 들어왔던 평범함에서 벗어나고자 선량함을 보여주기도 했다. 이전에 그들의 삶에서 몇몇 중요한 요소들이 사라지는 모습을 아주 멀리서 지켜보면서 그랬던 것처럼 말이다. "절대적으로 현대적인absolument moderne"⁴⁶ 상태가 폭군의 공표 아래 일종의 특별법이 돼버릴 때, 성실한 노예라면 복고주의자라는 의심을 받는 것이 무엇보다도 가장 두려워지는 법이다.

---

46 아르튀르 랭보Arthur Rimbaud, 〈고별Adieu〉 중.

94

무슨 이유로 이런 일이 일어난 것인지는 나보다 더 총명한 사람들이 아주 잘 설명해두었다. "교환가치는 오직 사용가치를 이끄는 동인動因으로서만 형성될 수 있었다. 그러나 교환가치 고유의 무기로 이루어낸 승리를 통해 독립적인 지배의 조건들이 만들어졌다. 교환가치는 인간의 모든 사용가치를 동원하여 그 충족을 독점함으로써 마침내 사용을 지배하기에 이른다. 교환의 과정은 가능한 모든 사용과 동일시되며, 그것을 제멋대로 축소해버린다. 결국, 교환가치란 마침내 자기만의 이익을 위해 전쟁을 치르는 사용가치의 용병인 셈이다."

비용은 "세상은 허깨비일 뿐Le monde n'est qu'abusion"이라고 딱 여덟 음절로 요약했다. (이 구절은 여덟 음절로 이루어져 있다. 비록 최근에 졸업장을 딴 사람들이라면 이 시행에서 아마도 여섯 음절 밖에는 알아보지 못하겠지만 말이다.)[47]

보편적인 퇴폐는 속박의 제국을 위해 존재하는 수단이다. 그리고 퇴폐는 오로지 그러한 목적의 수단으로 존재함으로써만 '발전'이라는 칭호를 얻을 수 있는 것이다.

---

47 위 시행은 'Le / mon- / -de / n'est / qu'a- / -bu- / -si- / -on'의 여덟 음절로 분석해야 하나, 산문 운율법을 적용하면 'Le / monde / n'est / qu'a- / -bu- / -sion'의 여섯 음절로 분석할 수 있다.

속박이라는 것이 이제는 어떤 비본질적인 장점을 가져다주기 때문이 아니라 그저 그 자체로서 진정으로 애호를 받기를 원한다는 것을 이해해야 한다. 예전에는 일종의 보호장치처럼 여겨질 수도 있었던 속박이 이제는 그 무엇도 보호해주지 않는 것이다. 오늘날의 속박은 어떤 장소에서든, 속박을 경험하는 유일한 즐거움이 아닌 어떤 다른 매력을 간직해왔다고 함으로써 자기의 정당성을 찾으려고 하지는 않는다.

아직 잘 알려지지 않은 또 다른 전쟁이 어떤 단계들을 거쳐 전개되었는지는 나중에 더 이야기하도록 하겠다. 이미 알고 있다시피, 지금 이 시대에서 사회적인 지배가 띠고 있는 전반적인 경향성과 어떤 일이 있더라도 그 경향성에 혼란을 불러일으킬 수 있었던 것의 사이에서 말이다.

나라는 사람이 비록 이 시대가 원하지 않았던 것의 대표적인 예를 이루기는 하지만, 그렇다고 해서 시대가 원하는 것이 무엇이었는지를 아는 것만으로는 나의 훌륭함을 입증하기엔 어쩌면 충분하지 않아 보인다. 스위프트[48]는《여왕의 마지막 4년 이야기 The History of the Four Last Years of the Queen》의 첫 장에서 아주 솔직

---

48 조너선 스위프트Jonathan Swift, 1667-1745. 아일랜드의 성직자이자 소설가. 주요 작품으로《걸리버 여행기》가 널리 알려져 있다.

하게 다음과 같이 말하고 있다. "나는 역사에 찬미panégyrique나 풍자를 섞고 싶은 생각이 추호도 없다. 이는 후세에 정보를 전달하고 동시대를 사는 사람들 가운데 무지하거나 그릇된 사실을 믿게 될 이들을 깨우치고자 하는 의도밖에 없기 때문이다. 실제로 사건을 정확히 전달하는 것이야말로 가장 훌륭한 찬사이자 동시에 가장 오래가는 질책이다." 인생이 어떻게 흘러가는지를 셰익스피어보다 더욱 잘 아는 사람은 없었다. 그에 따르면, "우리는 꿈을 이루는 옷감과 같은 천으로 짜여 있다." 칼데론[49]도 같은 결론을 내렸다. 어쨌든 여태껏 써온 글들을 통해 그 어떤 신비로움이나 환상도 남기지 않은 채 나라는 사람의 전부를 아주 정확히 이해시키는 데 충분할 요소들을 성공적으로 전달한 것 같아 안심이다.

여기서 필자는 자신의 진정한 이야기를 끝맺는다. 실수가 있었다면, 용서해주시길.

---

49 페드로 칼데론 데 라 바르카Pedro Calderón de la Barca, 1600-1681. 17세기 스페인의 극작가.

파네지릭
Panégyrique

II

"나는 역사를 쓰는 새로운 방식을 창안하고 독자를
놀라게 할 만한 길을 선택함으로써 지금까지는 본
적 없는 새로운 계획을 따랐다. 오롯이 나만의 길,
나만의 체계를."

이븐 할둔Ibn Khaldoun,《역사서설Muqaddimah》

작가의 말

본《파네지릭》을 구성하는 모든 진실 중에서 가장 본질적인 진실은 여러 진실들을 어떤 방식으로 함께 제시하는지 자체에 있다. 그렇기에 이제는 1권에서부터 아주 정확하게 요약한 핵심 내용에 대해 삽화를 넣고 논평하는 작업만이 남아 있다.

2권에서는 일련의 도상으로 된 증거들을 담는다. 지금 이 시대를 지배하는 기만은 진실이 이미지 속에서도 존재할 수 있다는 것을 망각하게 만들 수 있다. 의미작용으로부터 의도적으로 분리되지 않은 이미지는 지식에 많은 정확성과 확실성을 더한다. 아주 최근까지는 그 누구도 이를 의심하지 않았다. 나는 이러한 사실을 지금 다시 상기하고자 한다. 마치 주절과 모순되지도 중복되지도 않는 종속절이 그러하듯이, 정확한 삽화는 진술한 담화를 명확하게 해주기 때문이다.

이로써 사람들은 내가 각 나이대에 어떤 모습을 하고 있었는지, 나를 늘 둘러싸고 있던 얼굴들과 내가 살았던 장소들을 마침내 알게 될 것이다. 이러한 정황들을 한자리에 모아 함께 고려한다면, 더 온전한 평가가 가능할 것이다. 예컨대, 이 시대의 극단적인 예술 속에서의 나의 기여는 매우 독특한 역사적 기념물처럼 전면으로 전시될 것이다. 바로 여기까지 이르렀다는 점에서 나의 기여는 가히 성공적이다.

이렇게 일관성 있는 참고자료에는, 누군가는 불필요하다고 여길 수 있는 다양한 정보, 예를 들면 손글씨 같은 것을 덧붙였다. 그러나 지식을 습득할 때 역사학보다 더욱 간단하고 직접적인 방법들이 다양하게 존재한다는 것을 믿고 싶어 하는 사람이나 그러한 방법들 가운데 적어도 한 가지를 검증방법으로 신뢰하는 사람이라면, 나를 반박하기 위한 자료로서 그 어떤 것도 찾아낼 수 없다는 사실에 불쾌한 확신을 느낄 수밖에 없을 것이다.

나의 작품들과 관련된 가장 중요한 날짜들은 전부 한눈에 살펴볼 수 있도록 본 2권의 마지막에 정리되어 있다. 3권에서는 여전히 모호한 상태로 남아 있는 여러 세부사항을 설명할 예정이다.[1]

---

1 〔편집자 주〕《파네지릭》3권 및 그 이후의 원고는 수사본으로 남아 있다가 기 드보르의 뜻에 따라 1994년 11월 30일 밤에 불태워졌다.

1

" … 우리의 특별한 시위가 전연 용납될 수 없기를
바랐다. 먼저는 그 형식에서, 이후 점차 무르익으면
서는 그 내용에서 말이다."

1951

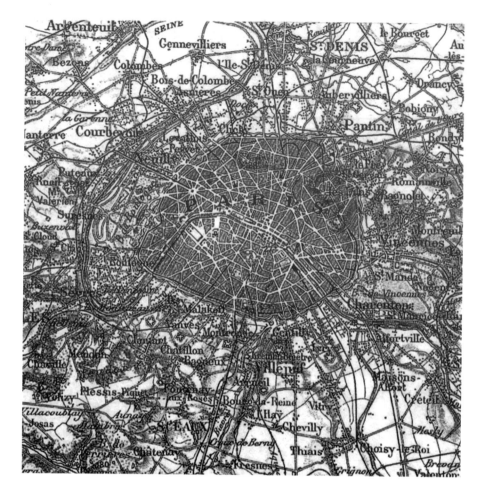

파리시

"실제로 옛 문명에 대한 우리의 생각은 … 우리가 글을 읽을 때만큼이나 주의 깊게 이미지를 들여다보기 시작했을 때부터 감정에 좌우되지 않고 더 차분해지기 시작했다. 조형예술은 흐느껴 울지 않는 법이다."

하위징아, 《중세의 가을》

영화 〈사드를 위해 절규함〉(1952)에서
24분 동안 이어지는 검은 화면

"그는 이야기를 시작하기 전에 권총을 몇 발 발사했고, 이어서는 웃다
가 진지한 표정을 짓다가를 반복하며 예술과 인생에 대항하는 가장 터무
니없는 말들을 퍼부었다."

1914년 7월 6일 자 〈파리-미디Paris-Midi〉,
아르튀르 크라방의 《작품집Œuvres》에 수록.

le public se sentait atteint dans sa dignité et criait au fou

on entendait les cris aigus des bonnes femmes et
les injures des hommes. Les salauds, ordures,
fumiers, assassins, bouchers, résonnaient

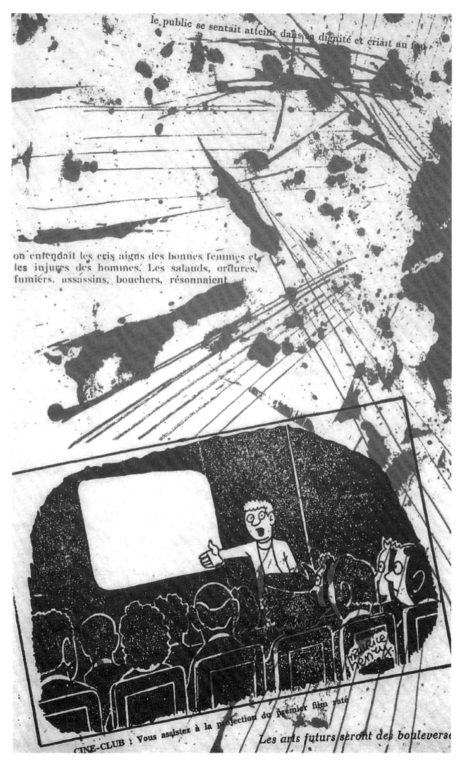

CINE-CLUB : Vous assistez à la projection du premier film raté

Les arts futurs seront des bouleverse

113

센Seine 가의 벽면에 새겨진 낙서

"무엇보다 세상에는 그렇게나 선입견이 만연한 탓에 친구 중 여럿은 나에게 농담을 하는 거냐며 뻔뻔스럽게 물어오곤 했다. 그러면 나는 앞으로 일어나는 사건을 보면 알게 될 거 아니냐고 차갑게 대답했다."

스위프트, 《1708년에 대한 예측Predictions for the Year 1708》

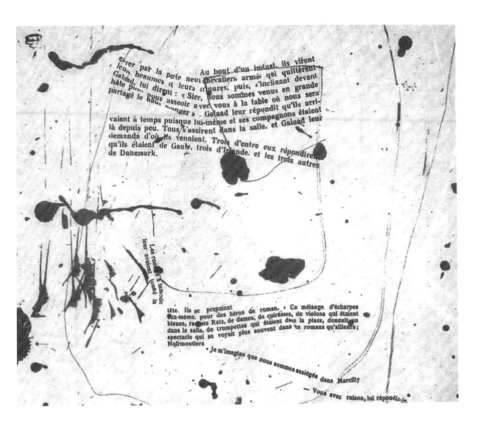

《회고록 Mémoires》 (1959) (부분)

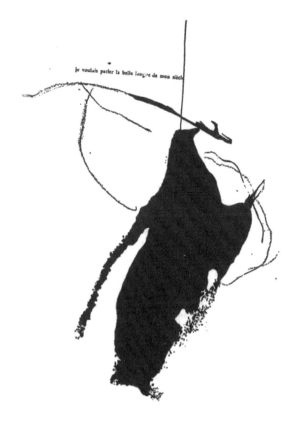

《회고록》의 마지막 페이지 (부분)

2

"모든 혁명은 역사 속으로 흐르지만, 여전히 역사를 범람시키지는 못한다. 혁명의 강물은 처음 흘러나왔던 곳으로 돌아가 그곳에서 또다시 흐르리라."

1953

센강의 둑길

"역사를 서술하는 자들은 절대로 알지 못할, 또는 언급할 가치가 없다
고 생각할 특수한 경우가 하나 있다. 그러나 바로 이 특수한 경우를 통해
우리는 자신이 존경받을 만한지, 아니면 비난받을 만한지 알게 된다."

프랑수아즈 드 모트빌Françoise de Motteville, 《회고록Mémoires》

"우리는 서로를 깊게 헤아리기에는 자기 자신에게 너무 소홀하거나 너무 몰두해 있다. 어느 한 무도회에서 정답게 붙어 춤을 추고, 서로 알지도 못하면서 손을 잡고, 그리고 나서는 바로 헤어져 서로 다시는 만나지도 않고 그리워하지도 않을 가면들을 본 적이 있는 사람이라면, 우리가 사는 세상이 어떤 곳인지 가늠할 수 있을 것이다."

보브나르그, 《성찰과 잠언》

이반 치체글로프 Ivan Chtcheglov [2]

"우리는 아직 문예의 시작점에 있을 뿐이다. … 모든 인생에는 각자만 의 주제와 제목, 출판사, 머리말, 서문, 본문, 각주 등이 있거나, 또는 있 을 수 있다."

노발리스 Novalis [3], 《파편집 Fragments》

---

2 1933-1998. 러시아계 프랑스인으로 정치이론가이자 작가, 시인.

3 1772-1801. 독일 초기 낭만주의를 대표하는 소설가, 시인, 사상가. 문학, 철학 등의 분 야에 저술을 남겼고 후대의 초현실주의자들에게 영감을 주었다.

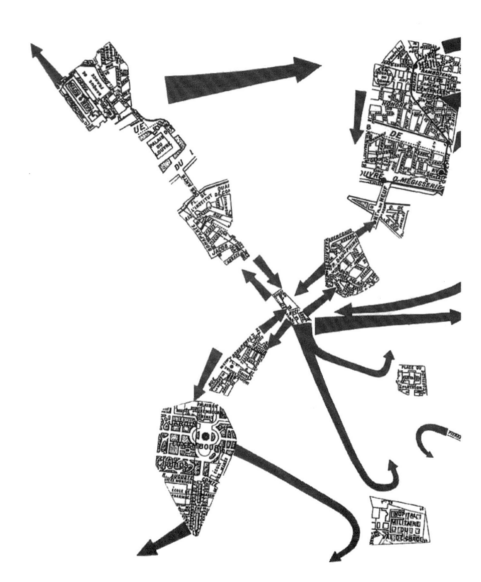

THE NAKED CITY

"몽피포Montpipeau에 간다면 / 뤼엘Ruel에 간다면 몸조심하렴 /

이 두 곳을 어슬렁거리다 … / 콜랭 드카이외⁴를 잃었거든."

비용, 〈방황하는 아이들을 위한 아름다운 교훈〉

---

4 프랑수아 비용의 '패각단' 중 한 명.

클레르보 Clairvaux 골목 1번지

"모든 것이 영원히 끝났도다. 전부 흘러가 버렸도다. 세상사와 사람들 모두. 바다로 떠내려가 사라져버릴 장강長江의 끊임없는 저 물결처럼."

이백, 〈난징에서〉[5]

---

5 이는 이 책에 인용된 다른 이백의 한시와 마찬가지로 원서의 프랑스어 번역문을 다시 우리말로 옮긴 것이다. 이 구절의 출처는 이백의 한시 중 〈금릉삼수 셋째 수(金陵三首 其三)〉로 추정되며, 한시 원문은 '並隨人事滅(병수인사멸) 東逝與滄波(동서여창파)'로 '모두 인간사 따라 사라졌으니 / 동쪽 바다로 흘러가길 푸른 파도와 더불었네'라고 풀이할 수 있다.

3

"내가 행했던 모든 일이 여러 우연의 일치로
일종의 음모로 낙인찍혔다."

1958

코지오 디 아로시아 Cosio di Arroscia[6] (리구리아 Liguria 지방의 알프스)

---

6 상황주의자 인터내셔널이 결성되었던 곳.

상황주의자 인터내셔널 창립 직후 파리에서
미셸 베른스탱 Michèle Bernstein[7], 아스게르 요른과 함께

"그리고 바로 우리 자신의 명예를 위하여 다 함께 한 번 더 건배합시
다. 먼 훗날 우리의 손자들과 증손자들이 언젠가 동지들을 조금도 낯부끄
럽게 하지 않고 동무를 절대로 저버리지 않는 사람들이 있었다고 이야기
할 수 있도록 말입니다."

고골, 《타라스 불바 Taras Bulba》

7   1932-. 프랑스의 작가. 기 드보르의 첫 번째 아내이자 상황주의자 인터내셔널의 창
    립 멤버였다.

아스게르 요른

몽타뉴 생트 제네비에브 Montagne-Sainte-Geneviève 가 32번지

"여러분에게 이야기할 왕자의 위대함은 바로 이 작품을 통해, 그리고 여러분의 이해력에 힘입어 이해될 수 있을 것이다."

필리프 드 코민 Philippe de Commynes, 《회고록Mémoires》

"강령 제2번" (1963)

"티몬Timon은 그를 다음과 같이 표현한다. '여기, 수수께끼로 말하며 사람들에게 고함치고 욕설하는 헤라클레이토스가 온다.' 테오프라스토스 Theophrastus에 따르면, 헤라클레이토스는 그 자신의 우울질 때문에 미완성으로 남거나 서로 모순되는 견해가 담긴 저작을 썼다. … 그의 저서가 그렇게나 큰 명성을 얻게 되면서 '헤라클레이티언Heraclitiean'이라 불리는 신봉자 무리가 탄생했다."

디오게네스 라에르티오스Diogenes Laertius [8],

《유명한 철학자들의 생애와 사상》

---

[8] 3세기 전반에 활동한 그리스의 철학사가.

Le développement même de la société de classes jusqu'à l'organisation spectaculaire de la non-vie mène donc le projet révolutionnaire à devenir *visiblement* ce qu'il était déjà *essentiellement.*

ON DIRAIT QUE CETTE ORGANISATION TRAVERSE UNE CRISE !.. CERTAINS ÉLÉMENTS SONT LIQUIDÉS !..

JE REGRETTE WANTER, MAIS JE NE VEUX M'ASSOCIER A CE GENRE DE POLITIQUE. JE VOUS REMETS MA DÉMISSION.

VOUS POUVEZ VOUS RETIRER WODRAN DE MÊME QUE CEUX QUI PARTAGENT VOS SCRUPULES.

QUATRE CONSEILLERS SORTIRENT DE LA SALLE DE RÉUNION... LA SÉANCE FUT SUSPENDUE MAIS LE PRÉSIDENT WANTER N'EN FUT PAS CONVAINCU DE MODIFIER SA POLITIQUE.

삽화로 그린 다른 예측들

147쪽 만화의 번역은 다음과 같다:

'그러니까 계급사회가 비(非)-인생을 스펙타클로 조
직화하기까지 이루어낸 발전이야말로 혁명의 계획
이 이전에는 본질적으로 어땠었는지를 가시적으로
보여주는 셈이지.'

"이 조직은 위기에 처한 것 같군…! 몇몇 분자들이
떨어져 나가고 있어…!"

"반터, 유감이지만 나는 이런 방식의 정치에는 가담
하고 싶지 않소. 사임하겠소."

"보드란, 빠지고 싶다면 그렇게 하시오. 또 이런 우
려가 드는 사람이 있다면 모두 그렇게 하시오."

고문 네 사람이 회의실을 빠져나갔다…. 회의가 잠
시 중단되었지만, 회장 반터는 본인의 정책을 굽힐
생각이 없었다.

뱃도랑 근처 차이나타운의 어두운 골목에서…

"어이, 게오르크! 미네르바의 새는…?"
"…황혼에 나타나지! 저기 안쪽에."

"쓸모 있는 발견에 가장 확실하게 도달하는 방법은, 불확실한 학문들이 밟아온 길을 모든 방면으로 멀리 피해 가는 것이라고 미루어 짐작했다. 그런 학문들은 사회집단에 유용한 발명을 조금도 하지 않은 데다가 놀라운 수준의 산업 발전에도 불구하고 빈곤을 막아내는 데에는 성공하지 못했다. 따라서 나는 계속해서 이러한 학문들에 맞서고자 노력했다. 이러한 학문들에 관하여 글을 쓰는 저자들이 그렇게나 많다는 점을 고려하여, 나는 그들이 다룬 모든 주제가 완전히 고갈되었으리라 추측했고, 그들 중 그 누구도 다루지 않은 문제에 매달리기로 다짐했다."

푸리에[9], 《4운동의 이론Théorie des Quatre Mouvements》

---

9 샤를 푸리에Charles Fourier, 1772-1837. 프랑스의 공상적 사회주의자.

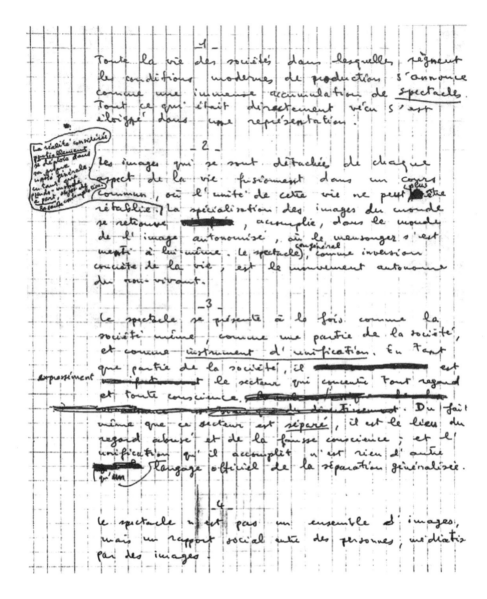

《스펙타클의 사회》 육필 원고 (1967)

"사지死地에 있다면 맞서 싸울 기회를 찾아라. 사지란 아무런 자원도 없이 험악한 날씨에 몸은 서서히 쇠약해지며, 새로운 식량을 조달할 수 있으리라는 희망도 없이 그나마 남은 식량마저 점점 바닥나는 그런 곳이다. 즉, 군대에는 병마病魔가 스며들기 시작하여 머지않아 군대를 집어삼킬 것처럼 보이는 곳이다. 만일 이러한 상황에 놓여 있다면, 서둘러 결전을 벌여야 한다."

손자孫子, 《손자병법》

위 포스터 문구의 번역은 다음과 같다:
"스펙타클-상품의 사회를 타도하라 / 점거 지속을 위한 평의회"

1968년 금석학 강령 이후

위 낙서 문구의 번역은 다음과 같다:
"최후의 관료가 최후의 자본가의 창자로 목을 매 죽는 날에야
비로소 인류는 행복해질 것이다."

위 낙서 문구의 번역은 다음과 같다: "나는 포석들 사이에서 오르가슴을 느껴."

알리스 베커 호

위 포스터 문구의 번역은 다음과 같다: "대학의 종말 / 점거 지속을 위한 평의회"

"그리하여 겨울은 투키디데스가 역사를 서술했던 전쟁의 열여덟 번째 해와 함께 끝이 났다."

투키디데스, 《펠로폰네소스 전쟁사》

4

"나는 세상을 꽤 잘 아는 편이었다. 세상의 역사와 지리, 세상이라는 무대와 그곳에서 살아가는 사람들, … 말이다."

1968

내가 살았던 이탈리아와 스페인

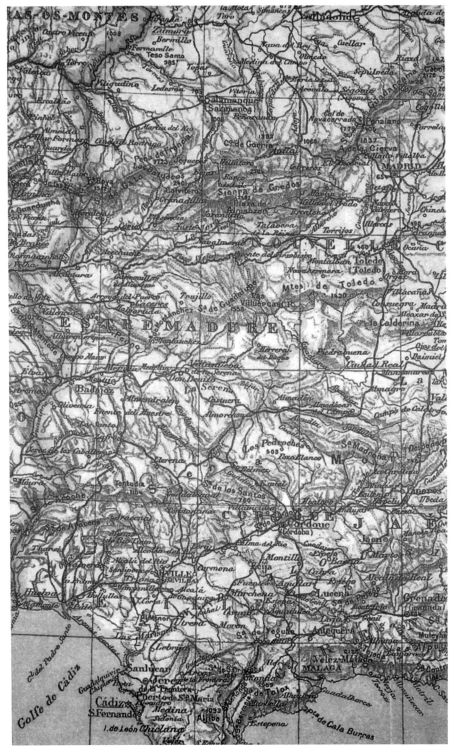

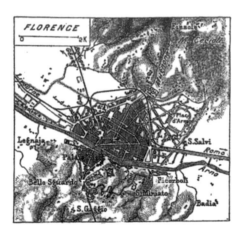

1972년, 올트라르노

"프랑스인은 남의 재산을 탐내는 것에 타고난 동시에 남이 지닌 것만큼이나 자신이 지닌 것에 대해서는 매우 헤프다."

마키아벨리,《프랑스에 관한 보고서 Rapport sur les choses de la France》

칼다이에 Caldaie 가 28번지

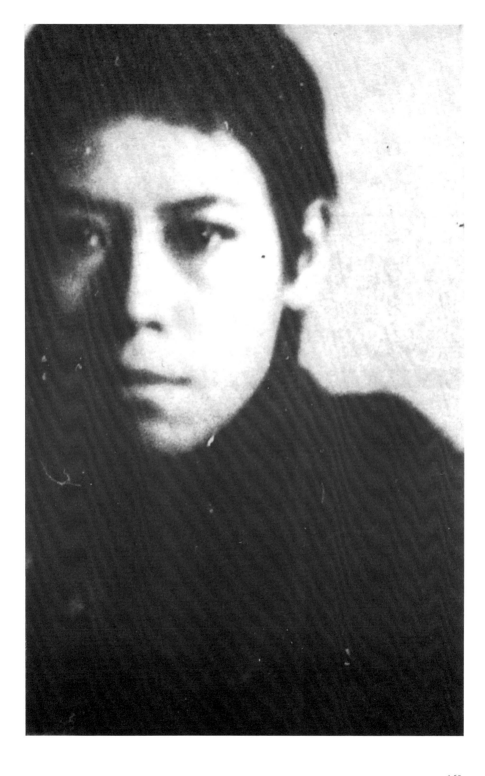

키안티산의 교구 敎區

상포 Champot

"우리는 우리 자신을 모든 것에서 해방할 수 없듯이, 우리가 쓰는 글도 모든 제약에서 해방할 수는 없다. 하지만 우리가 자유로운 만큼 우리가 쓰는 글 또한 자유롭게 만들 수는 있다."

막스 슈티르너 Max Stirner [10], 《유일자와 그 소유 Der Einzige und sein Eigentum》

---

10 1806-1856. 독일의 철학자. 그의 사상은 후대의 허무주의 철학, 실존주의, 그리고 포스트모더니즘과 개인주의적 아나키즘에 커다란 영향을 끼쳤다.

"만일 내가 자네들한테 그 여인을 보여주었다면," 돈키호테가 대답했
다. "자네들이 그렇게나 확실하고 자명한 사실을 고백하는 것 가지고 뭘
어쩌겠는가? 중요한 건 그 여인을 보지 않고도 그렇다고 믿고, 고백하고,

확언하고, 맹세하고, 지키는 것일세. 자네들이 그러지 않겠다면, … 나는
내가 옳다는 믿음으로 여기서 꿈쩍 않고 자네들을 기다리겠네."

세르반테스, 《돈키호테》

5

"나는 전쟁이나 … 크게 흥미를 느꼈다. … 전쟁의 전개에서 본질적인 움직임들을 아주 간단한 체스판 위에 표현하는 데 … 서로 대척하는 힘, 양측 진영에서 각자의 작전에 불가피하게 부과되는 모순을 그렸다."

1977

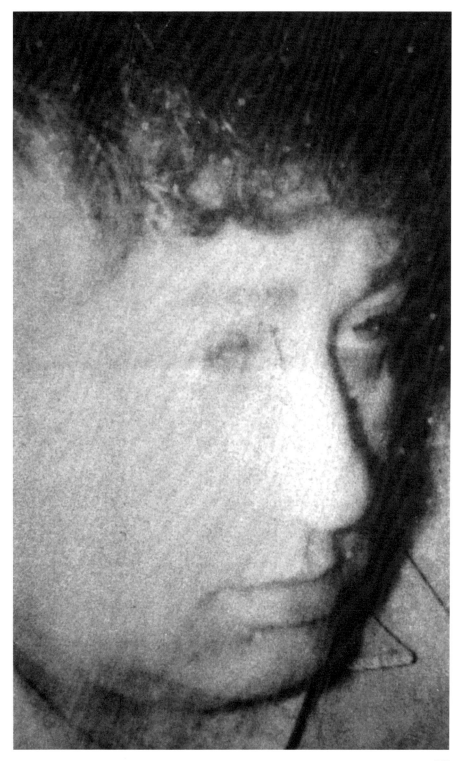

"공격 지점에서 강력해지려면 방어 지점에서는 대부분 반드시 약해질 수밖에 없으며, 분견대가 패배를 당하는 경우에는 그 구성원 수가 얼마 되지 않을 때보다는 아주 많을 때 결과가 더욱더 치명적이라는 것을 일러두고자 한다. 또한, 분견대의 군사력이 약하면 약할수록 패배는 덜 겪게 된다. 왜냐하면 그럴 때에야 비로소 분견대 지휘관은 위험한 교전에 휘말리는 상황을 피하고자 신중에 또 신중을 기울이기 때문이다."

구비옹 생시르 Gouvion Saint-Cyr, 《회고록 Mémoires》

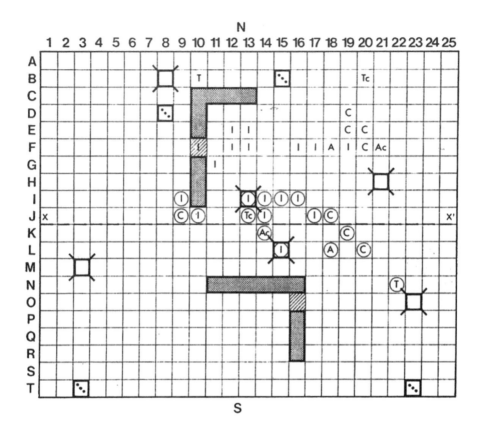

크릭슈필 대결에서 30번째 국면을 나타내는 도식

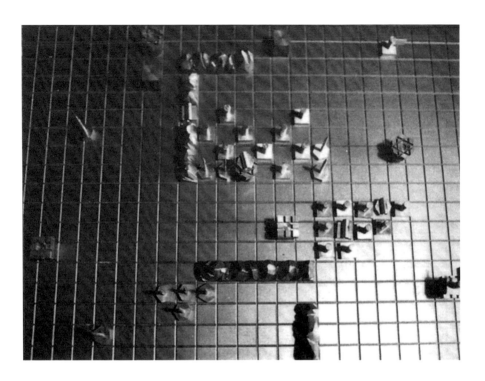

"우리는 적군이 실전에서 실행으로 옮길 수 있는 것보다 더 많은 것을 두려워한다. 아무리 경험이 많은 사람이라 해도, 본인이 직접 상대의 입장이 되었을 때 하지 않을 거라는 걸 잘 알고 있는 행동이라도 그것을 두려워하는 일은 피할 수가 없는 것이다. 하지만 만약 적군이 우리가 생각하는 이상의 무언가를 행한다면 심각한 피해가 생길 것이기 때문에, 우리는 그들이 할 수 없다고 생각하는 것에도 대책을 생각해두고 싶어 한다."

튀렌Turenne, 《회고록Mémoires》

영화 〈심야에 원무를 추고 추다가 우리는 불에 타 없어지리라In girum imus nocte et consumimur igni〉
에 등장하는 경기병대

크릭슈필의 상세 사진

"최근 전쟁 기술 분야에서 이루어진 발전 때문에 산악지대가 많은 나라의 경우에는 저지선을 설정하고 커다란 참호선을 구축하는 방식으로는 방어할 수 없다는 사실이 충분히 밝혀졌다. 하지만 높이에서 우위를 점하지 않은 채로 깊은 계곡 안에서 가로세로로 좋은 자리를 꽉 쥐고 있는 배치로는 아주 좋은 결과를 얻을 수 없을 것이라는 점 또한 사실이다."

라키아Racchia 중령, 《전쟁 기술 분석 개론Précis analytique de l'art de la guerre》

6

"1988년 한겨울 밤에 외방전교회 광장에서 올빼미 한 마리가 아마 불안정한 기후에 속기라도 했는지 집요하게도 울어댔다."

1984

외방전교회 광장

《스펙타클의 사회에 대한 논평Commentaires sur la Société du spectacle》(1988)의 첫 페이지

"하지만 나로서는 세부 항목끼리 완전히 분리되어 있으며 앞서 이미 진행된 고찰과 훗날 이어질 고찰에는 전혀 의존하지 않는 통찰력을 지닌 고찰을 이행하는 것 말고는 다른 목표가 없었기 때문에, 이런 점에서 연음은 그저 단순한 걱정거리였을 뿐이다. 그러면서도 나는 내 작업물을 덜 유쾌하고 덜 유용한 것으로 만들기 위해 심하게 애를 썼다. 의심할 여지가 없이 이렇게 소재의 다양성이 계속된다면, 새로운 사유를 만들어낼 것이고 제시되는 내용을 더욱 능숙하게 처리할 수 있게 될 것이기 때문이다. 특히 지금 이 고찰의 경우처럼 형식이 간결하여 각각의 세부 항목이 강한 인상을 확실히 남길 때 더욱 그렇다."

보줄라[11], 《프랑스어에 대한 고찰Remarques sur la langue française》

---

11 클로드 파브르 드 보줄라Claude Favre de Vaugelas, 1585~1650. 프랑스의 문법학자로, 아카데미 사전을 편찬하는 데 참여했다.

내가 살았던 파리

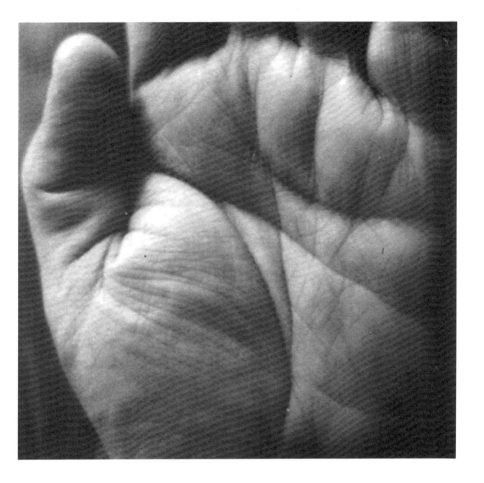

필자의 손

"인간은 때론 자기 운명의 주인이 될 수도 있소.
친애하는 브루투스여, 우리의 잘못은,
별이 아니라 우리의 굴종하는 영혼에 있다네."

셰익스피어,《줄리어스 시저》

영화 〈스펙타클의 사회〉의 결말 장면

위 자막을 번역하면 다음과 같다:
"어쩔 수 없어!" 전갈이 말했다. "이게 내 성격인걸!"

"그런데 지금 여기서 꼭 한 번 알려둘 것이 있는데, 현재 판각공의 손에 맡겨진 지도에 이 모든 사항이 더 정확히 묘사되고 설명되리라는 것이다. 그 지도는 기타 여러 부속물 및 작품 전개에 필요한 내용과 함께 작품 제20권의 말미에 실릴 예정이다. 이는 작품 분량을 부풀리기 위해서는 아니다. 그런 발상은 몹시 질색이다. 다만, 온 세상(이 단어의 의미를 잘 따져보기 바란다) 모든 사람들이 나의 '일생과 의견'을 읽고 난 뒤에, 개인적인 해석이 들어간 것 같다든지 의미가 모호하거나 의심스럽다고 생각될 대목이나 사건, 풍자적 암시에 대해서 논평과 주석, 예증, 그리고 명확한 설명을 제시하기 위한 수단일 따름이다."

스턴, 《신사 트리스트럼 샌디의 일생과 의견》

연보

1931. 12월 28일 해질녘 파리에서 출생.

1952. 이미지가 없는 장편영화 〈사드를 위해 절규함〉.

1953. 센 가街의 벽면에 낙서.

1954. 잡지 《포틀래치 Potlach》 창간호 출간.

1957. 코지오 디 아로시아 회의를 통해 상황주의자 인터내셔널 창립.

1958. 잡지 《상황주의자 인터내셔널》 창간호 출간.

1959. 비틀어진 문장들로만 구성된 《회고록》.

1963. 캔버스 위에 그린 다섯 개의 "강령".

1967. 《스펙타클의 사회》.

1968. 상황주의 위원회에서 이틀간 소르본대학을 점거함으로써 그곳
에서 7세기 동안이나 이어졌던 어리석은 언행을 반박.

1972. 상황주의자 인터내셔널의 자진 해산.

1973. 장편영화의 형식으로 재탄생한 〈스펙타클의 사회〉.

1978. 장편영화 〈심야에 원무를 추고 추다가 우리는 불에 타 없어지리라〉.

1984. 이 모든 영화계를 파괴해버린 포틀래치.

1988. 《스펙타클의 사회에 대한 논평》.

1989. 《파네지릭》 1권.

(이하 계속) **12**

1991. 기 드보르는 제라르 르보비시 Gerard Lebovici **13** 출판사의 상속자들과 관계를 정리하고 본인의 모든 책을 폐기 처분할 것을 요구함.

---

12 〔편집자 주〕이 연보는 《파네지릭》 2권이 발행되기 전 작성된 것으로, 이하 내용은 담당 출판사가 보완한 것이다.

13 1932-1984. 영화 제작자이자 출판인. 드보르는 르보비시가 설립한 출판사 '샹 리브르 Champs Libre'에서 편집자 및 저자로 참여했으며 르보비시는 〈스펙타클의 사회〉를 비롯하여 드보르의 영화 세 편에 투자하기도 하는 등 드보르와 각별히 가까운 관계였다. 르보비시는 1984년 3월 5일 파리의 한 주차장에서 살해되는데, 언론은 배후로 드보르를 지목한다.

1992. 장자크 포베르Jean-Jacques Pauver 의 중개를 통해 갈리마르Galli-
mard 출판사에서 기 드보르의 저서 7편을 이어받음.

1993. 《이 나쁜 평판Cette mauvaise reputation … 》

1994. 11월 30일, 기 드보르는 자살로써 포틀래치의 마지막 호를 장
식함. "그의 죽음에는 그저 사고로 간주하기에는 감탄할 만한
무언가가 있었다."

1995. 1월 9일, 〈기 드보르, 그의 예술과 시대Guy Debord, son art et son
temps〉가 Canal+ 채널에 방영됨. 국장은 1994년 11월 14일
자 받은 편지에서 "1995년 1월 중 국장이 원하는 날짜에 기
드보르 특집 저녁 방송"을 편성해도 된다는 허가를 받음. 본인
이 한 말은 철저히 지켰던 기 드보르 자신은 역시나 그곳에 없
었음.

I

매우 유능한 사람에게 작업을 맡긴다고 해도, 《파네지릭》의 번역에는 수많은 난관이 있을 것이다. 그렇지 않기란 불가능하다. 그러므로 안타깝게도 수년 전부터 유럽 출판 번역 업계의 관습을 지배해오고 있는 결핍된 조건에서는 이 책의 번역을 시도조차 해서는 안 될 것이다. 이 책이 수많은 덫과 이중적 의미를 의도적으로 포함하고 있다는 사실을 이해하지 않으려는 자, 또는 그 안에서 허우적거리지 않을 만큼 충분히 유능한 인력을 구하지 못할 자는, 이 책을 외국어로 출판하려는 열정은 지금 당장 접어두고 훗날 더 능력 있는 출판사에서 작업할 수 있도록 양보하는 것이 좋다.

먼저, 여기서 쓰인 고전 프랑스어의 감각을 느끼며 그에 해당하는 외국어 표현을 찾아낼 수 있어야 한다. 그리고 그러한 고전 프랑스어의 이면에는 "고전 언어"를 특별히 현대에 맞춰 적용한 용법이 숨어 있음을 이해해야 한다. 바로 이러한 점에서 이 책은 기괴하고도 파격적인 독창성을 갖게 되는 것이다. 번역본에서도 이 모든 것을 충실히 표현해야 한다.

가장 큰 난관은 다음과 같다. 물론, 이 책에는 정확히 번역해야 하는 정보가 많이 들어있는 것이 사실이다. 그러나 본질을 따지자면 이는 정보 차원의 문제가 아니다. 요컨대, 이 책이 포함하고 있는 정보란 그것이 표현된 그 방식 자체에 있기 때문이다.

매우 흔히 있는 일이지만, 어떤 단어나 문장에 두 가지 의미가 가능할 때는 그 두 가지 의미를 잘 파악하고 이를 번역에서도 그대로 유지해야 한다. 해당 문장은 그 두 가지 의미에서 모두 완전히 진실하게 이해되어야 하기 때문이다. 이는 전체 담화의 차원에서도 마찬가지로 적용된다. 즉, 가능한 의미들의 총체가 담화의 유일한 진실인 것이다.

이와 관련하여 아주 일반적인 예를 하나 들자면, 각 장의 도입부에 인용된 명구名句는 무엇보다 저자를 향한 조롱으로 분명히 이해되어야 한다. 그러나 동시에 그것이 단순한 조롱만은 아니라는 것도 느껴져야 한다. 그렇다면 결국에는 진정으로 조롱하는 의미로 이해되어야 한다는 말인가? 이러한 의심조차도 그대로 남겨두어야 한다.

어떤 특정한 주제를 다루는지에 따라 군사나 법률 등과 같은 전문 분야의 다양한 어휘들이 자연스럽게 사용된 것처럼, 아주 다양한 시대에서 따온 인용문들의 문체가 한곳에 섞여 존재한다. 번역가는 필자의 언어에서 비속어나 은어가 아주 가끔 등장하더라도 놀라거나 몰라봐서는 안 된다. 그런 단어들은 다른 재료들의 풍미를 돋보이게 하는 소금처럼 의도적으로 사용된 것이다. 마찬가지로 반어법 또한 긍정적인 진지함을 해치지 않는 선에서 이따금 서정적인 문체와 긴밀히 섞어 사용했다.

어쨌든 현재로서는 이 작품 전체가 최종적으로 어떤 의미를 지니게 될지에 관하여는 결론을 내릴 수 없다. 아직은 1권뿐이기 때문에 미결된 상태이다. 이 책의 결말은 그 바깥으로 내던져져 있는 것이다.

의미의 지속적인 미끄러짐glissement 현상은 거의 모든 문장에서 어느 정도 찾아볼 수 있으며, 책 전체의 전반적인 흐름과 함께 존재한다. 그러한 연유로 1장에서는 전략이라는 개념을 통해 언어의 문제를, 2장에서는 범죄 행위를 통해 사랑의 정열을, 3장에서는 알코올 중독을 통해 시간의 흐름을, 4장에서는 파괴를 통해 드러나는 장소의 매력을, 5장에서는 전복의 결과로서 경찰력에 대한 반발이 끊임없이 생겨나는 상황을 통해 전복에 대한 애착의 문제를, 6장에서는 전쟁의 세계에 빗대어 노화를, 7장에서는 경제발전을 통해 퇴폐를 다룬 것이다.

1권 41쪽의 한 문장을 대표적인 예로 들 수 있을 것이다. "우리는 우리의 젊음이 완전히 타락해버린 푸르 가와 부치 가 사이에서 술잔을 기울이며 절대로 이보다 더 잘할 순 없을 거라고 확신할 수 있었다." 이 문장은 정확히 무엇을 의미하는가? 의미할 수 있는 모든 것을 의미한다. 고전적인 문법 규칙을 무시한 동격절 "술잔을 기울이며"는 앞 구절인 "우리는 우리의 젊음이 완전히 타락해버린 푸르 가와 부치 가 사이에서"와 연결되어 일종의 완곡어법으로 읽힐 수 있는가 하면, 다른 한편으로는 뒤 구절인 "절대로 이보다 더 잘할 순 없을 거라고 확신할 수 있었다."와 연결되어 정확하고도 즉각적인 관찰의 표현으로 읽힐 수도 있는 것이다. 아울러, "우리"로 표현된 주어는 외부의 관찰자로 (이 경우에는 완전히 탐탁지 않아 하는 목소리로) 이해하거나, 그러한 젊은 시절의 주관적인 판단으로 (이 경우에는 철학적이거나 냉소적인 통찰력으로 표현된 만족감으로) 이해할 수 있다. 모든 것이 진실이므로 그 무엇도 빠뜨려서는 안 된다.

II

출판사에서는 이 책의 복잡성을 고려하여 고전 프랑스어(즉, 1940년 이전에 출판된 책들에서 사용된 프랑스어)와 친숙하거나, 아니면 모국어 산문 실력이 뛰어나다고 평가받는 번역가에게만 작업을 의뢰해야 한다. 그리고 그런 번역가를 구하지 못한 경우에는 훗날 다른 출판사에서 더 적합한 조건을 갖추고 작업을 진행할 수 있도록 기회를 넘겨주어야 할 것이다. 위와 같은 기준으로 선정된 번역가는 다음 구절들을 시험 삼아 번역하여 필자에게 제출해야 할 것이다.

16-17쪽: "Ma méthode … l'ancienne société."("내 방법론은 … 오늘날에 말이다.")

51쪽: "La majorité des vins … avant le buveur."("여기서 마셔 본 … 상상하지 못했다.")

79-80쪽: "Je me suis beaucoup intéressé ⋯ je laisserai d'autres conclure."("나는 전쟁이나 ⋯ 남겨두고자 한다.")

93-94쪽: "Les plaisirs de l'existence ⋯ le soupçonner d'être passéiste."("존재의 기쁨이 ⋯ 가장 두려워지는 법이다.")

이밖에도 앞서 이미 언급한 41쪽의 문장 "Entre la rue du Four et la rue de Buci ⋯ "("⋯ 푸르 가와 부치 가 사이에서 ⋯") 또한 함께 번역하여 제출해야 한다.

물론, 위와 같은 모든 요구사항을 충족한 번역가라면 차후 몇 가지 다른 사항을 이해하기 위해 본인이 바라는 한 모든 설명을 필자에게 요청할 수도 있을 것이다.

III

'패각단'의 은어로 쓰인 구절(39쪽)의 의미는 다음과 같다.

"망나니가 염탐하던 놈들 가운데 몇몇 강도와 살인범은 낯이 익었다. 힘을 쓰는 일에 절대로 망설임이 없었던 놈들이기에 공범처럼 믿을 수도 있었다. 경찰에게 자주 붙잡히곤 했으나, 자기들은 죄가 없다고 우겨대면서 혼을 쏙 빼놓는 데에도 도가 튼 놈들이었다. 그렇게 나는 심문하는 자들을 어떻게 속여야 하는지 배웠다. 그 결과 시간이 한참 흐른 지금도 계속해서 침묵을 유지하는 것이다. 우리가 저지른 폭력과 이 땅 위에서 누린 기쁨은 사라져버렸다. 그러나 이 위선 가득한 세상을 그토록 잘 꿰뚫어 보던 내 가난한 동지들을 아주 생생히 기억한다. 파리의 밤, 모두 함께 모여 있었던 그때를."

이 대목은 스페인어에서는 안달루시아 지방의 은어 헤르마니아_{Germaniá} 말로 (아니면 스페인 집시들이 쓰는 칼로_{Caló} 말로) 번역되어야 할 것이다. 영어에서는 특정 집단에서 사용하는 은어를 가리키는 칸트_{Cant} 말을 사용해야 할 것이다. 독일어의 경우에는 도적들이 쓰는 은어인 로트벨슈_{Rotwelsch} 말을 사용해야 할 것이며, 이탈리아어에서는 푸르베스코_{Furbesco} 말을 사용해야 할 것이다. 이 부분에서만큼은 번역가는 전문가의 도움을 받을 수 있을 것이다.

IV

본문에서 원저자의 이름을 제시하지 않은 인용문의 경우, 다음과 같은 순서로 등장한다.

18쪽: 레츠 추기경으로부터 인용.
37쪽: 안 도트리슈 왕비로부터 인용.
같은 쪽: "정신이란 사방에서 … 그곳에서 또다시 흐르리라."는
　　　　문장은 《성경》 중 〈전도서〉의 구절을 다른 말로 바꿔 표

현한 것이다.

40쪽: 17세기 민요.

같은 쪽: 오베르뉴 지방의 속담.

51쪽: 시인 니콜라 질베르Nicolas Gilbert에 대한 언급.

55쪽: 마키아벨리가 베토리에게 보낸 1513년 12월 10일 자 편지
에서 인용.

59쪽: 단테의 이탈리아어 원문.

60쪽: 《성경》 구약성서 중 〈시편〉 38(39):12-13.

같은 쪽: 아스투리아스Austrias 지방의 전통 민요.

63쪽: 중국 시에 빈번히 등장하는 심상.

73-74쪽: 파스칼로부터 두 번 인용.

80쪽: 보브나르그로부터 인용.

80-81쪽: 15세기의 어느 한 논객으로부터 인용.

81쪽: 샤를 도를레앙으로부터 인용.

82쪽: 영국의 왕 윌리엄William 3세로부터 인용.

94쪽: 《성경》 구약성서 중 〈잠언〉 제9장 "지혜가 … 자기 집을 짓
고 …"를 반대의 의미로 표현한 것이다.

95쪽: 기 드보르의 《스펙타클의 사회》 테제 46에서 발췌.

1권의 마지막 문장은 스페인 '황금의 세기' 시절 저자들이 전통적
으로 사용했던 맺음말이다.

원저자가 명확한 인용문에 대해서는 특별한 어려움이 없을 것이며
그 출처를 쉽게 찾을 수 있을 것이다. 만약 책이 번역되는 목표어와
같은 언어에서 발췌한 인용문이라면, 반드시 원문의 텍스트를 사용해

야 한다. 그 외의 경우에는 적어도 목표어의 국가에서 이미 통용되는 인용문의 번역, 특히 권위가 있는 번역이 존재한다면 반드시 그 버전을 사용해야 한다. (예를 들어, 오래전 독일어나 영어로 번역된 성경이 그러한 경우이다) 그러나 비교적 최근에 번역된 글의 경우, 번역 수준이 좋지 않거나 그저 보잘것없다면 이를 분명 개선하거나 수정해야 할 것이다.

(1989년 11월)

편집자의 말

앞으로 견문이 넓은 독자들은, 지금까지 다음과 같은 목록으로 발간된
《파네지릭》의 번역본에 대하여 그 내용이 얼마나 타당한지를 평가할 수
있을 것이다.

독일　　　(티아마트Tiamat 출판사)

그리스　　(엘레프테로스 티포스Eleuteros Typos 출판사)

이탈리아　(카스텔베치Castelvecchi 출판사)

포르투갈　(안티고나Antigona 출판사)

영국　　　(버소Verso 출판사)

Les documents marqués de 1 à 57 doivent tenir toute la largeur de la page : donc 28 ciceros. Certains seront en pleine page ; d'autres en sortiront par trois côtés.

12,5 cm

Les documents marqués de A à J auront une largeur de 15 ciceros. 6,75 cm

Les documents K et L, une largeur de 20 ciceros. 9 cm

Il faut composer les dates de : 1951
                                 1953
                                 1958
                                 1968
                                 1977
                                 1984   ainsi : 1937

Avoir les chiffres 1, 2, 3, 4, 5, et 6 : chacun sur une hauteur de 30 m/m.

Le mot AVIS sera composé ainsi : STATI

La pagination possible : en bas de page.

G. D.

210

210쪽 메모 내용의 번역은 다음과 같다:

인쇄소를 위한 메모

1에서 57까지 숫자로 표시된 자료들은 페이지의 전체 너비, 즉 28시스로cicero(12.5cm)를 채워야 한다. 어떤 자료들은 페이지 전체를 가득 채울 것이고, 어떤 것은 삼면의 너비만 채울 것이다.

A에서 J까지 알파벳으로 표시된 자료들은 너비를 15시스로(6.75cm)로 한다.

자료 K와 L은 너비를 20시스로(9cm)로 한다.

다음 연도들은 이렇게 표시한다: 1951
1953
1958
1968
1977
1984 를 1937처럼.

장 번호 1, 2, 3, 4, 5, 6의 높이는 각각 30mm로 한다.

'작가의 말'이라는 단어는 다음과 같이 표시한다: STATI

쪽수 표시는 가능하다면 아래쪽에 한다.

G.D.

파네지릭 기 드보르 회고록

초판 1쇄 발행 | 2021년 10월 31일

지은이 | 기 드보르
옮긴이 | 이채영
펴낸이 | 이은성
기   획 | 김경수
편   집 | 이한솔
디자인 | 최승협
펴낸곳 | 필로소픽
주   소 | 서울시 동작구 상도동 206 가동 1층
전   화 | (02) 883-9774
팩   스 | (02) 883-3496
이메일 | philosophik@hanmail.net
등록번호 | 제379-2006-000010호

ISBN 979-11-5783-226-2 93860

필로소픽은 푸른커뮤니케이션의 출판브랜드입니다.